COLLECTION MICHEL LEVY

OŒUVRES COMPLÈTES

DE

HENRI CONSCIENCE

OEUVRES COMPLÈTES

DE

HENRI CONSCIENCE

Publiées dans la collection MICHEL LÉVY

CHATILLON-SUR-SEINE. — IMPRIMERIE E. CORNILLAC.

LA FIANCÉE

DU

MAITRE D'ÉCOLE

PAR

HENRI CONSCIENCE

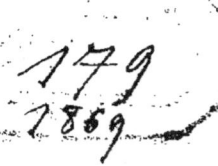

PARIS

MICHEL LÉVY FRÈRES, ÉDITEURS

RUE VIVIENNE, 2 BIS, ET BOULEVARD DES ITALIENS, 15

A LA LIBRAIRIE NOUVELLE

—

1869

Tous droits réservés

LA FIANCÉE

DU

MAITRE D'ÉCOLE

I

L'instituteur Valentin était dans son école,
debout devant un grand tableau noir sur lequel il écrivait des règles à la craie. Sa main
ne paraissait pas très-ferme, car de temps en
temps il effaçait une lettre mal formée.

Des trente enfants qui se trouvaient là,
assis devant des pupitres usés et malpropres,

la plupart tenaient les yeux fixés sur leurs livres, mais non sans jeter à la dérobée un regard oblique sur l'horloge, qui allait marquer quatre heures. Parfois, ils tournaient leurs yeux étonnés vers le maître, comme s'ils ne pouvaient comprendre pourquoi il traçait un exemple sur le tableau au moment où la classe allait finir. Il n'avait donc aucune idée de l'heure qu'il était ? Valentin avait écrit, en grandes et belles lettres, les mots suivants : « Abandon, tristesse, amitié, guérison, reconnaissance, désespoir, langueur, maladie, mort. »

Il contempla son travail et secoua la tête avec regret, en reculant d'un pas, comme s'il eût été surpris de ce qu'il venait d'écrire. Était-ce sorcellerie ? Le résumé de sa vie et de son triste avenir était là, devant ses yeux. Et il avait écrit cela croyant former des mots indifférents. Rien ne pouvait donc le guérir, et c'était vainement qu'il essayait de soustraire son âme à cette obsession. Il poussa un profond soupir et passa l'éponge sur tout ce qu'il avait écrit. Puis il reprit la craie et se remit à l'œuvre; mais à peine avait-il tracé le premier mot, que le poids de l'horloge descendit et le premier coup de quatre heures retentit dans la classe.

On entendit un bruit de sabots, d'ardoises, et de pupitres qu'on fermait; les écoliers se levèrent et quittèrent l'école en saluant le maître, qui regardait la pendule avec stupeur. Il demeura quelque temps immobile, plongé dans ses réflexions. Puis, prenant un

balai dans un coin, il se mit à balayer lentement et distraitement le plancher de l'école.

Il fut bientôt interrompu dans cet humble
travail par une voix qui lui fit une si étrange
impression, que le balai tomba de ses mains et
que le rouge de la honte lui monta au visage.

Le fabricant d'huile, le père d'Hélène,
était devant lui, non pas avec un visage cour-
roucé et un regard plein de reproches, mais
souriant doucement et avec une mine attris-
tée, comme un homme qui éprouve un violent
chagrin.

— Maître, lui dit-il, vous êtes étonné de
me voir ici, n'est-ce pas? Voulez-vous me
donner quelques minutes d'entretien?

Le maître d'école le conduisit dans une petite
chambre où il n'y avait pour tous meubles

qu'une table en bois blanc, quelques chaises de paille, et une incoignure, servant probablement de buffet, car on y voyait un couteau et un pain entamé.

— Veuillez vous asseoir, monsieur Minnens, dit Valentin. Un pauvre maître d'école qui est encore garçon n'a pas beaucoup de meubles. Excusez-moi donc si...

— Maître, interrompit le fabricant d'huile, en vérité, je ne vous comprends pas : vous ne paraissez pas fâché contre moi, après les torts que j'ai eus envers vous ?

— Pourquoi serais-je fâché contre vous ?

— Vous n'êtes donc pas un homme comme tous les autres ? Je m'attendais à être reçu avec d'amers reproches, et peut-être même à être mis à la porte, comme j'ai agi avec vous.

Ce ne serait que justice, je le mérite, et vous êtes maître chez vous. Je dois convenir que je ne serais pas si bon.

— Mais, monsieur Minnens, j'ai la ferme conviction que vous êtes trompé, égaré, et que vous me croyez capable de fausseté. J'ai attribué à cette erreur vos procédés envers moi.

Minnens serra la main de Valentin en disant :

— Vous êtes vraiment un brave homme, maître. Quant à moi, je suis un être brutal et emporté ; mais le cœur est bon, n'en doutez pas. Oui, maître, j'ai été trompé, odieusement trompé. Vous seul aviez raison, et je dois vous remercier sincèrement de ce que vous avez fait. S'il y a encore moyen de sauver ma pauvre enfant du malheur, c'est vous, mon ami, qui serez son sauveur. Sans vous, nous serions tombés aveuglément dans le piége que des gens perfides avaient tendu sous nos pas.

— Ainsi, vous êtes convaincu aujourd'hui que Casimir n'aime pas votre fille et qu'il ne convoite que sa fortune ? murmura l'instituteur avec une joyeuse surprise.

— Convaincu, maître, tout à fait convaincu. Vos paroles, bien que je vous en aie si mal récompensé, m'avaient inquiété. Après beaucoup d'hésitation, je suis allé à la ville et j'ai pris des informations chez des personnes qui connaissent Casimir de près et qui ont même été en relations d'affaires avec lui. Sa position est encore bien pire que ce que vous croyiez ! Le trompeur est endetté jusqu'aux

oreilles. Il a forcé son père à grever lour-
dement ses biens pour le sauver du déshonneur et de la honte, maître : car, si le vieux
Steenput avait refusé ce pénible sacrifice,
le tribunal s'en fût certainement mêlé. Et
vous pensez que le chagrin de son père et le
danger qu'il a couru lui-même l'ont porté à
se corriger ? Nullement : il dissipe plus d'argent encore qu'auparavant, surtout depuis
qu'il est question de son mariage avec ma
fille. Ah ! dans quel abîme j'allais me préci-
piter ! Mais vous, vous m'avez averti et retenu
à temps. Moi, qui ai travaillé depuis mon enfance pour amasser sou à sou ma petite fortune, j'aurais vu jeter par les fenêtres mon
pauvre argent, si durement gagné ! et, dans
mes vieux jours, j'aurais été réduit à la pau-

vreté... Oui, oui, car maintenant je pénètre ce perfide complot. La dot d'Hélène y aurait passé immédiatement; puis il aurait laissé à son beau-père le choix entre de nouveaux et constants sacrifices et la honte de son enfant. Je me serais peut-être dépouillé de tout. Tenez, ces réflexions me font trembler; je n'y veux plus penser, car j'en deviendrais malade... Si vous saviez, maître, combien j'ai du chagrin,

— Pourquoi avez-vous du chagrin, monsieur Minnens? dit le maître d'école. Puisque les ruses et tromperies sont découvertes, le danger est passé; nous devons, au contraire, bénir le ciel qui a éclairé votre raison avant qu'il fût trop tard. Cette bonne Hélène, elle était menacée d'un vie pleine de tristesse et d'infortunes... Dieu merci, la voilà sauvée!

1.

— Hélas! elle n'est pas sauvée, mon ami !
soupira le fabricant d'huile en secouant la
tête.

— Pas sauvée ? Comment l'entendez-vous ?
Vous me faites frémir ! Hélène aurait-elle...?

— C'est une perfidie infâme qui dépasse
toute imagination. Il n'y a qu'un vaurien qui
puisse inventer et employer de pareils moyens.
Jugez-en ! Après avoir appris sur son compte
des choses qui m'épouvantent, je vais trouver Casimir Steenput et je lui adresse des
reproches ; il essaye de me tromper par de
fausses explications. Je le quitte pour prendre
de nouvelles informations. Que fait-il ? Il saute
dans une voiture et court à Lisseghem.
Alors, le gredin s'est jeté aux pieds d'Hélène
et lui a tout avoué en versant des larmes de

crocodile ; oui, il s'est fait peut-être plus noir qu'il n'est. Il s'est confessé, il a demandé pardon, il a imploré ma fille et l'a conjurée de le sauver de la mort et de la damnation éternelle. Il a eu la cruauté de faire croire à Hélène qu'il se tuerait de désespoir s'il devait perdre son amour ; que la fortune et l'argent lui étaient indifférents, que, si elle seule ne le condamnait pas, il prouverait bien que cette bonté était suffisante pour le rendre fort et le réconcilier avec nous, avec Dieu et avec le monde. Que sais-je encore? Le démon a parlé comme un ange, et Hélène s'est, hélas! laissé entortiller de plus en plus dans ses filets.

— Et elle a refusé d'ouvrir les yeux à l'évidente vérité?

— Ouvrir les yeux, maître ! Elle n'a plus

d'yeux que pour le perfide qui l'a ensorcelée, au point qu'elle accepte sans crainte la guerre contre ses parents. Casimir Steenput ou le couvent, nous pouvons choisir...

— Oh ! plutôt mille fois le couvent ! s'écria le maître d'école.

— Mais, maître, vous êtes aussi insensé que les autres, — pardonnez-moi ces paroles amères. — Le couvent ! ma fille unique, se faire nonne ! que me reste-t-il alors en ce monde ? Non, non, je veux savoir pour qui j'ai travaillé. Ma pauvre femme et moi, nous resterions seuls jusqu'à la fin ? Et vous vous réjouissez parce qu'Hélène veut aller au couvent ! Vous n'avez donc pas un grain de pitié pour nous ? En effet, nous n'en méritons pas de votre part.

— Vous ne me comprenez pas, monsieur, dit l'instituteur. J'envisage le mariage de votre fille et de Casimir comme un malheur immense pour elle. S'il n'y a pas d'autre moyen que le couvent d'empêcher cette fatale union, béni soit le couvent qui sauve votre enfant de l'abîme !

— Égarement, folie ! s'écria M. Minnens impatienté. Je veux avoir des petits-enfants ; ma fille se mariera, bon gré, mal gré ! Et tenez, maître, vous ne me croirez peut-être pas, mais, si l'on me menace encore du couvent, sur ma parole, j'accorde la main d'Hélène à Casimir. Je veux être grand-père, fût-ce d'un tas de petits vauriens, cela m'est égal ; ne me parlez donc plus de couvent, car vous me feriez faire des folies.

Valentin regarda le fabricant d'huile avec effroi et murmura :

— Vous mèneriez donc aveuglément votre fille à sa perte? Impossible ! vous êtes père...

— Oui, je suis père, et je l'ai assez prouvé en travaillant comme un esclave.

— Ce Casimir Steenput est un homme méprisable, monsieur Minnens. La seule pensée qu'Hélène pût être en son pouvoir devrait vous frapper de terreur.

— Je ne le sais que trop. Ne me parlez plus de cet hypocrite. Je chercherai un autre mari pour Hélène, un brave garçon ayant un peu de fortune. Et, qu'il soit beau ou non, il acceptera sa main. Je vois bien que, par mon amour aveugle pour mon enfant, j'ai perdu toute autorité sur elle ; mais il n'est jamais trop tard pour s'amender. Soyez certain que, dès que j'aurai trouvé un époux sortable pour elle, elle m'obéira, ou je lui montrerai qu'il n'y a chez moi d'autre volonté que la mienne.

— Vous la contraindriez?

— Oui, oui, elle pliera ou elle se brisera.

— Hélas ! monsieur Minnens, un mariage sans amour doit être aussi un grand malheur.

— L'amour ! ricana le fabricant d'huile. Qu'est-ce que l'amour? un enfantillage d'un moment... Quand il y a de l'argent, il n'y a pas besoin d'amour.

— Vous vous trompez, monsieur : pour un cœur sensible comme votre fille, la vie sans une affection réciproque est une nuit éternelle.

— Rêves de cerveau malade, maître. Par exemple, vous êtes laid de visage, n'est-ce pas? Mais, si vous aviez de la fortune, pensez-vous que j'hésiterais à vous donner la main d'Hélène?

— A moi, juste ciel ! bégaya le maître d'école saisi d'une vive émotion.

— Pourquoi pas aussi bien à vous qu'à un autre?- J'y ai pensé plus d'une fois. Vous avez bon cœur, de l'esprit, et vous ne dissipez pas votre argent.

Valentin secoua la tête d'un air pensif.

— Et pourquoi pas? répéta M. Minnens. Pensez-vous que vous ne rendriez pas ma fille heureuse?

— La rendre heureuse ! s'écria l'instituteur avec une explosion involontaire. Ah ! dussé-je verser pour cela jusqu'à la dernière goutte de mon sang !

— Il n'est pas question de sang; tout cela, ce sont des mots sonores et vides. Si vous possédiez seulement quelque chose? mais vous êtes pauvre comme Job: voilà l'impossibilité.

Valentin avait eu un instant d'illusion, mais les derniers mots du père d'Hélène chassèrent ses rêves; il releva la tête et le regarda avec un sourire d'ironie.

— Il ne faut pas en rire, reprit M. Minnens; ce que je dis est très-sérieux... Mais je suis venu pour vous demander un service. Puisque vous désirez si ardemment le bonheur de ma fille, vous ne me refuserez pas. Vous connaissez Hélène. Nous en avons fait une enfant gâtée. Elle est volontaire et

obstinée, lorsqu'elle s'est mis une chose en tête.
Elle veut absolument épouser Casimir Steenput, et je dois avouer que je ne sais pas si, en
fin de compte, elle ne nous obligera pas à satisfaire son fatal désir. Cette crainte me rend malheureux. Nous avons tout essayé, épuisé tous les
moyens. Peine inutile! Dans cette situation, maître, personne ne peut nous sauver, excepté vous.

— Moi?

— Vous seul, maître. Oubliez mes torts,
et prêtez-nous votre aide. Venez chez nous,
causez avec Hélène, employez toute votre influence sur elle, tout votre esprit, toute votre
éloquence pour la convaincre qu'elle doit
renoncer à ce mariage.

— Mais..., mais, je n'oserais pas, balbutia
le maître d'école.

— Vous n'oseriez pas? Pourquoi?

— Hélène me hait.

— Quelle idée folle !

— Elle me l'a dit elle-même.

— Il est possible qu'elle vous ait dit quelque chose comme cela dans un moment de dépit; mais comment cela serait-il vrai, tandis que, depuis lors, elle n'a cessé de plaider en votre faveur et même de vous défendre contre Casimir? Oui, dans mon égarement, je voulais vous faire du mal. Casimir voulait tirer de vous une vengeance sanglante. Hélène nous a retenus. Elle est encore votre meilleure amie, soyez-en sûr.

— Ange de bonté ! murmura l'instituteur.

— Eh bien, vous viendrez, n'est-ce pas? Peut-être aurez-vous assez de puissance sur

elle pour la sauver... Tenez, si vous y par-
veniez, je ne serais point avare, je vous récom-
penserais bien. Donnez-moi la main, c'est
une promesse sérieuse que je vous fais. Si,
par vos conseils, Hélène renonce à ce mariage
et au couvent, je vous achète un nouveau mobi-
lier et j'arrange toute votre maison ; et, si
vous avez besoin d'un peu d'argent pour
payer vos dettes, je vous le prêterai à long
terme et sans intérêt. Cela vous va-t-il ?

Valentin, consterné de cette affaire, sentait le rouge de la honte lui monter au front.

— De l'argent ! vous voulez me donner de
l'argent ? grommela-t-il.

— Toute peine mérite salaire, maître, et,
pour un pauvre diable comme vous, une pareille offre n'est pas à dédaigner. Peut-être

cela ne vous semble-t-il pas assez pour le service que j'attends de vous? Eh bien, faites de votre mieux, je serai généreux et payerai vos dettes; voulez-vous?... Vous ne répondez pas?

Valentin le regarda avec un douloureux étonnement. Tout le monde, amis et ennemis, le croyait donc vénal! Sa pauvreté connue donnait à chacun le droit de le croire bas et vil, de l'outrager et de l'humilier! Mais il comprima le sentiment d'indignation qui l'agitait, et il allait consentir, lorsque l'on frappa tout à coup à la porte :

— Restez, je vous en prie, monsieur Minnens, dit-il en se levant. Je vais voir ce que c'est.

C'était le facteur de la poste, qui lui remit

une grande lettre et s'en alla sans rien dire.

La forme étrange de cette lettre surprit et effraya Valentin. Elle était scellée de quatre cachets noirs, et il lui semblait qu'il s'en exhalait une odeur de cercueil. En tout cas, ce ne pouvait être qu'une lettre de mort.

Il rentra en regardant le message avec hésitation.

— Qu'est-ce que cela? demanda le fabricant d'huile avec curiosité. Avez-vous perdu quelqu'un de votre famille?

— Je suis orphelin et n'ai pas de famille.

— Tant pis, maître! Sans cela, ce serait peut-être la nouvelle d'un héritage. Ouvrez la lettre, vous verrez ce que c'est.

— J'ai peur, murmura Valentin.

— Pourquoi?

— Ah! je n'ai qu'un ami au monde; me serait-il enlevé?

— Mais ouvrez donc la lettre! répéta M. Minnens avec impatience. Cette hésitation est un enfantillage. On dirait que vous prenez plaisir à vous inquiéter.

L'instituteur, sans prendre garde à ces paroles, ouvrit l'enveloppe. Elle contenait une lettre et un autre papier plus grand et plus épais. Valentin déplia d'abord la lettre et la parcourut avec une surprise croissante. Tout à coup, il pâlit et ses mains commencèrent à trembler.

— Qu'avez-vous? Un malheur? demanda le fabricant d'huile.

— Paix, paix, je vous en prie, murmura Va-

lentin d'une voix étouffée. Laissez-moi lire!...
Impossible, je rêve...

— Mais dites donc ce que c'est! vous me
faites mourir de curiosité.

— Je ne sais pas, la tête me tourne... Cent
mille francs! à moi? Je serais riche!... Tenez,
monsieur Minnens, lisez vous-même. Si mes
yeux m'avaient trompé...

Le fabricant d'huile lut d'abord la lettre,
puis déploya le second papier.

— Un testament... d'une Mme Van Overvliot!
dit-il en appuyant sur chaque mot. Cela paraît
sérieux :

« Je donne et lègue à Valentin Stoop,
actuellement instituteur communal à Lisseghem, une somme de cent mille francs,
à lui payer en argent, libre et sans frais.

par mes héritiers légaux, et ce, en récompense des fidèles services que m'ont rendus ses parents... »

— C'est en règle. Il n'y a pas de doute possible, acheva M. Minnens.

Il ôta son chapeau, qu'il avait gardé sur sa tête, s'inclina profondément et cérémonieusement devant le maître d'école abasourdi, et reprit d'un ton plein de respect:

— Monsieur Stoop, je vous félicite, et j'espère que, malgré votre fortune, vous aurez la bonté d'oublier ma conduite passée envers vous. Votre amitié sera un grand honneur pour moi.

— O mon Dieu! pardonnez-moi, dit à voix basse le maître d'école: j'ai osé accuser d'avarice la protectrice de mon enfance, et

2

jusqu'à sa mort elle me comble de ses bien-
faits ! Bénié soit sa mémoire !

— Je brûle d'annoncer cette étonnante
nouvelle à ma femme et à Hélène. Monsieur
Stoop, mon cher monsieur Stoop, je vous en
prie, ne prenez pas de résolution avant mon
retour. On ne peut savoir, l'argent fait des
miracles. Ah ! puissé-je réussir ! Oui, je réus-
sirai. Adieu, à bientôt. Vous l'aimerez encore,
malgré votre richesse ? Inutile de me répondre ;
je sais ce que je sais. Adieu.. adieu.

En achevant ces mots, il sortit en courant.

Valentin, resté seul, et encore à moitié
étourdi, reprit les papiers qu'il venait de
recevoir, et, convaincu enfin qu'il n'avait pas
fait un rêve, se livra à tous les transports
de sa joie. Enfin, fatigué d'arpenter sa petite

chambre à grands pas, il se laissa tomber sur une chaise , ouvrit le tiroir de sa table et en tira une feuille de papier sur laquelle il se mit à écrire avec une rapidité fiévreuse.

Après avoir écrit deux pages, il s'arrêta et relut :

« Oui, mon ami, la fortune rend l'homme égoïste : voilà les rêves coupables qui m'entraînent. Hélène aime Casimir, on ne peut pas aimer deux hommes à la fois. Ce qui m'agite est une démence. L'argent m'ôterait-il le masque que la petite vérole a mis sur mon visage ? Je ne serai plus pauvre, mais je conserverai ma laideur. Dieu merci, ma conscience triomphe. Elle épousera ce Casimir ; soit ! J'accepte la sainte mission qui m'est dévolue. Je suis riche, je veillerai sur elle. Ces cent mille

francs me donnent le moyen d'être son ange
gardien. C'est là désormais le but de ma vie.
Si Casimir dissipe sa dot et la fortune de ses
parents, je serai là pour l'aider à son insu
et la préserver du besoin. Ah! cette mission
est assez belle pour mon cœur. J'aurai donc
le droit de l'aimer en secret, lorsque je ne
vivrai plus que pour son bonheur, sans que
personne le sache que toi, mon ami! Dieu
merci, j'ai trouvé le moyen d'être heureux!
Béni soit le ciel, qui me permet de consacrer
toute ma vie, toutes mes actions, toutes mes
pensées à celle que j'aimerai jusqu'au tombeau ! »

Il entendit du bruit dans le vestibule, cacha
sa lettre dans le tiroir de sa table et se leva.

Le fabricant d'huile rouvrit la porte, posa son

chapeau sur une chaise, prit la main de l'instituteur, et, le regardant bien en face :

— Monsieur Stoop, dit-il, vous aimez notre Hélène, n'est-ce pas? Parlez, je vous en prie. Pourquoi le cacher? Vous n'êtes plus un enfant et vous ne devez pas rougir pour cela. Dites franchement que vous l'aimez avec ardeur?

Valentin, ainsi subitement interrogé, paraissait disposé à trahir le secret de son cœur ; mais l'aveu expira sur ses lèvres, il ne balbutia que des mots inintelligibles.

— C'est ainsi : j'en sais assez, mon bon monsieur Valentin, reprit le fabricant. Je vous faciliterai la voie... Voulez-vous être l'époux d'Hélène?

— Moi! le mari de... de votre fille? murmura

2.

l'instituteur, tremblant sur ses jambes. La douce Hélène, ma fiancée? Impossible, impossible !

— Cela ne dépend que de vous, monsieur : j'en ai causé avec ma femme et avec Hélène ; dites oui, et c'est affaire conclue.

— Conclue ! conclue ! s'écria Valentin hors de lui, à force de surprise. Hélène consent-elle à ce mariage?... O Dieu, ne me laissez pas mourir en ce moment !

— Oui, elle donnera son consentement, monsieur.

L'instituteur faillit se trouver mal, il s'affaissa sur une chaise et regarda le fabricant avec de grands yeux et la poitrine haletante, comme s'il allait tomber en syncope.

Le père d'Hélène paraissait ravi de l'effet

que ses paroles avaient produit sur Valentin. Lorsqu'il vit que le jeune homme se remettait un peu de son émotion, il reprit :

— Que n'avez-vous vu, cher monsieur, la joie de notre Hélène à la nouvelle de votre héritage ! Elle paraissait presque aussi heureuse que vous, et elle remerciait Dieu de sa bonté...

—Oh ! assez, monsieur, laissez-moi respirer ! soupira le maître d'école. Ne me faites pas perdre l'esprit.

— Sans doute, sans doute, mon bon monsieur Stoop, Hélène vous a toujours aimé, et, si ce damné Casimir n'était pas survenu... mais maintenant, voyez-vous, cent mille francs aplanissent bien des difficultés. Les choses sont changées, et, avec un peu de persévérance.

nous convertirons bien Hélène. Si elle résiste à toutes nos prières, eh bien, je suis là pour la contraindre.

— La contraindre ! Vous voulez la contraindre ? exclama Valentin, subitement désillusionné, avec un ricanement de désespoir. Ah ! vous me trompez ! Vous venez me remplir le cœur de bonheur, pour l'écraser ensuite sous votre cruelle ironie. Barbare ! le ciel vous pardonne le mal que vous me faites !

— Eh bien, sur quelle épine avez-vous donc marché ? Vous faites une mine !... on dirait que vous voulez me mordre. Nous sommes des hommes ; laissons là ces enfantillages.

— C'est assez, monsieur, cessez vos plaisanteries déplacées, interrompit Valentin. Si vous ne voulez pas causer à cœur ouvert, il est peu convenable, du moins, de vous amuser plus longtemps de mes souffrances ; si vous êtes insensible, la nature m'a donné un cœur qui ne résiste pas à l'ironie.

Valentin avait levé la tête, et dans ses yeux brillait l'indignation de la fierté.

Le fabricant d'huile, dominé par le ton du jeune homme, répondit d'un air plus humble :

— Allons, ne vous fâchez pas, mon cher monsieur Stoop ; j'oubliais pour un instant que vous n'êtes plus le même. Cent mille francs, cela vous donne droit à l'estime et au respect. Pardonnez-moi donc ; chacun chante selon sa voix. Je ne suis qu'un simple paysan, mais, si j'ai dit quelque chose qui vous fût désagréable, qui pût vous blesser, soyez cer-

tain que c'est sans le vouloir. Restons amis.
Acceptez-vous la main de ma fille?

— Vous m'offrez une chose qui ne vous appartient pas, répondit l'instituteur.

— Quoi ! je ne pourrais pas disposer à mon gré de la main de ma fille?

— Non; c'est mal faire que de séparer la main du cœur.

— Nous verrons. Consentez seulement à devenir le fiancé d'Hélène. Le reste est mon affaire.

— Je n'y consens pas. Je ne veux pas l'acheter et devenir son bourreau.

— C'est pourtant une jolie fille, et sa fortune dépassera la vôtre.

— Je vous en prie, cessez de me tenter. Je suis faible, je pourrais succomber.

— Vous ne l'aimez donc pas?

— O mon Dieu! je ne l'aime pas! répéta douloureusement Valentin. Si je ne l'aimais pas plus que mon propre bonheur, pourrais-je vous résister un seul instant?

— Vous êtes incompréhensible, permettez-moi de vous le dire, monsieur Stoop: vous l'aimez et vous la refusez pour fiancée!

— Je ne veux pas, comme un tyran, l'épouser par contrainte.

— Et si elle consentait?

— Si elle consentait librement, s'écria Valentin avec feu, j'en mourrais peut-être de gratitude et de bonheur avant d'avoir entendu le oui conjugal sortir de sa bouche, au pied de l'autel!...

— Exagérations que tout cela, exagérations

qui nous éloignent du but, dit le fabricant d'huile avec une nuance d'impatience. Parlons comme des gens raisonnables. Je comprends bien qu'Hélène ne peut pas oublier en un seul jour le beau Casimir, qui l'a si complétement ensorcelée. Il faut un peu de temps pour cela. Mais on ne peut pas non plus se plier aux lubies d'une jeune fille aveuglée. J'ai quelque chose à dire aussi dans ma maison. Supposez que je doive employer mon autorité, que je doive recourir à quelque rigueur pour la faire changer d'idée, qu'est-ce que cela vous fait? Pourvu qu'elle consente à devenir votre fiancée, vous accepterez sans doute sa main avec joie?

— Si vous la contraignez, jamais! répondit Valentin, fortifié contre la tentation par cette discussion même. Renoncez à vos projets et à votre espérance, monsieur Minnens. Je suis un honnête homme, non-seulement dans les choses d'argent, mais encore dans les choses du sentiment. Vous voulez faire de moi le tyran et le bourreau de votre enfant! Je l'aime trop pour consentir jamais à pareille cruauté.

Le fabricant le regarda d'abord avec une surprise mêlée de dépit; puis, avec une colère croissante :

— Vous vous moquez de moi, vraiment, grommela-t-il. Vos paroles n'ont pas de sens. Quoi! vous aimez Hélène, et vous me forcez à la donner en mariage à Casimir Steenput? Croyez-vous qu'elle sera plus heureuse avec lui qu'avec vous? Vous avez donc une bien mauvaise opinion de vous-même? Eh bien,

3

soit ; vous serez la cause de son malheur et vous nous condamnez tous au chagrin et peut-être à la misère. Je vous remercie, monsieur, de tant d'intérêt. Adieu, vous me voyez pour la dernière fois.

Ces paroles étaient-elles calculées pour produire un effet décisif sur l'esprit de l'instituteur, ou étaient-elles sincères? Quoi qu'il en soit, Valentin pâlit, et, lorsqu'il vit M. Minnens faire réellement un pas vers la porte pour sortir, il courut derrière lui, lui prit le bras et lui dit avec une vive agitation :

—Ciel ! monsieur, que voulez-vous faire?

— Ce que je veux faire ! me soumettre au sort auquel vous ne me permettez pas d'échapper. Je vais donner mon consentement au mariage d'Hélène et de Casimir.

— Oh ! non non, c'est impossible !

—Casimir ou le couvent : il n'y a pas d'autre choix. Or, comme je ne veux pas du couvent...

— Et vous souffrirez qu'Hélène épouse ce détestable trompeur ?

— Je vais mettre mon nom au bas du contrat de mariage. Vous m'avez enlevé mon dernier espoir.

— Elle sera malheureuse toute sa vie.

—Je le sais bien ; mais puisque vous refusez de la sauver ! Ce qu'on ne peut empêcher, il faut bien le supporter, dût-on en mourir de chagrin.

Le maître d'école se tordit les bras ; son regard était plein d'effroi, et il murmurait tout bas, comme s'il eût oublié la présence de M. Minnens :

— Elle, la femme de cet homme, elle, en sa puissance ! Esclave ou victime jusqu'au tombeau. Une vie de tristesse et de larmes ! Elle, cet ange pur, la protectrice, la bienfaitrice du pauvre maître d'école, condamnée à ce sort affreux ! et ne pouvoir l'assister ni la sauver !

— Là, là, calmez-vous, monsieur Stoop, vous vous laissez toujours entraîner à l'exagération, dit le fabricant. Envisagez l'affaire avec sang-froid. Vous paraissez réellement avoir trop d'amour pour notre Hélène, et l'excès de votre affection vous fait reculer devant ce qui pourrait lui être désagréable. Permettez-moi de vous dire que c'est une grande faiblesse, et que vous manquez de générosité, du moins en ceci. Elle sera votre femme ou celle de Casi-

mir. Repoussez-vous sa main, vous la condamnez, non-seulement au malheur, mais peut-
être à la misère, au déshonneur ; vous le savez
aussi bien que moi ; elle vous a consolé lorsque
vous alliez mourir de chagrin. Elle a été votre
amie, d'abord par pitié, puis par affection
pour vous. Cent fois, vous avez parlé de votre
éternelle reconnaissance. Où est maintenant
cette reconnaissance ? Je ne veux pas croire
que l'argent vous a changé ; non, le courage
vous manque. Un autre à votre place dirait :
« Elle m'a fait du bien, elle m'a secouru lorsque j'étais pauvre et abandonné, je l'en récompenserai, je la sauverai de l'infortune,
malgré sa propre volonté, quelque sacrifice
qu'il m'en coûte. » L'homme qui connaît son
devoir raisonnerait ainsi, car vous ne pouvez

nier que vous essayeriez du moins de la rendre heureuse, n'est-ce pas ?

— Oh ! oui, je l'essayerais, soupira Valentin. Toute ma vie n'aurait pas d'autre but.

— Quelle démence ! et vous pouvez consentir à la laisser épouser un gredin sans honneur, tandis que vous n'avez qu'à vouloir pour détourner d'elle cette disgrâce ?

— Je suis prêt à essayer, s'écria l'instituteur.

— Je ne demande pas autre chose. Le reste me regarde.

— Parlez. Que dois-je faire ?

— Peu de chose ; aujourd'hui il est trop tard, et il nous faut du temps pour ramener Hélène à la raison. Sa mère et moi, nous la prêcherons tant, que vous ne rencontrerez probablement plus de difficultés. Venez chez nous demain. Si la chose est assez avancée, vous proposerez vous-même ce mariage à Hélène. Si elle hésitait encore, votre éloquence aplanirait les derniers obstacles.

— Moi, parler de mariage à Hélène! Jamais je n'oserais; si je n'étais pas si laid...

— Bah! bah! vous vous faites tort à vous-même. Ne vous souvient-il plus que, lorsque vous étiez encore pauvre, Hélène même disait qu'elle ne remarquait plus la laideur de votre visage? Que sera-ce maintenant que vous êtes riche? Qui sait si, en quelques jours, Hélène n'ouvrira pas les yeux et n'acceptera pas votre main avec joie et avec amour?

— Oh! s'il était possible!

— C'est très-possible: mais, pour cela, il

faut montrer un peu de courage. Que pouvez-vous craindre ? N'agissez-vous point par gratitude, pour la sauver ? Eh bien, viendrez-vous demain matin ?

— Je viendrai, répondit Valentin, dont les yeux brillaient de joie en serrant énergiquement la main au fabricant.

— C'est convenu donc ; je vous quitte, monsieur Stoop : il n'y a pas de temps à perdre. En attendant, tâchez de vous fortifier dans vos bonnes idées, et surtout n'oubliez pas que, si Hélène n'est pas votre femme, elle épousera Casimir, pas de milieu. Votre arrêt sera irrévocable.

—Oh! j'aurai du courage, soyez tranquille, dit Valentin. Pour la sauver des mains de Casimir, je donnerais volontiers tout mon sang.

Le fabricant d'huile prit son chapeau et serra la main du jeune homme.

— Restez dans ces bonnes dispositions, dit-il. Tout ira selon nos vœux, Hélène vous aimera et vous sera reconnaissante. Adieu, mon gendre, à demain.

En achevant ces mots, il sortit de la maison.

II

Cette nuit-là, le maître d'école avait mal dormi. Agité par le changement soudain survenu dans sa position, à moitié fou de bonheur en pensant qu'Hélène pouvait devenir sa femme, et tremblant de crainte à l'idée qu'il allait faire acte d'égoïsme, il ne pouvait presque pas trouver de repos, il se roulait et se retournait dans son lit, en proie à une pénible

3.

insomnie, jusqu'à ce qu'enfin, vers le matin, la fatigue le fît tomber dans un lourd sommeil.

A peine le soleil s'était-il levé au-dessus des vapeurs de la nuit, que Valentin fut réveillé par deux coups frappés discrètement à sa porte.

Il ouvrit ses yeux appesantis, écouta un instant, laissa retomber sa tête sur l'oreiller et fit comme s'il n'avait rien entendu. Mais on frappa de nouveau jusqu'à ce que l'instituteur tout à fait réveillé sortît de son lit à contre-cœur. Il s'habilla à la hâte et ouvrit la porte pour voir qui venait le troubler de si bonne heure.

Le bourgmestre de la commune entra dans la chambre, le chapeau à la main et le sourire aux lèvres. Il dit qu'il venait d'apprendre, après la première messe, quel héritage considérable Valentin venait de faire, et qu'il croyait de son devoir, comme chef de la commune et comme ami, de venir l'en féliciter. Il ajouta à cette entrée en matière tant de flatteries sur l'esprit, l'érudition et la bonté de M. Stoop, sur la justice de Dieu et sur le bonheur qu'il éprouvait lui-même à voir un homme si distingué récompensé selon ses mérites, que Valentin ne trouva à répondre que de vagues excuses.

D'après le bourgmestre, il était impossible qu'un homme qui venait d'hériter de cent mille francs continuât à instruire les enfants un jour de plus ; par affection pour M. Stoop, et pour lui en épargner la peine, il avait ar-

rangé l'affaire avec le curé ; le fils du sacristain donnerait des leçons aux enfants jusqu'à
la nomination d'un autre instituteur.

Comme Valentin le remerciait sincèrement
de son obligeance, le bourgmestre profita de
cette occasion pour lui dire qu'il avait, dans
le plus bel endroit du village, une maison in-
occupée. C'était une espèce de bien de campagne ou petit château bien bâti et pas humide
avec un grand jardin. Cette habitation valait
bien certainement mille francs de loyer ;
mais pour garder à Lisseghem un homme aussi
distingué, il ferait le sacrifice de la lui louer
huit cents francs par an.

Cependant, le bourgmestre remarqua que
Valentin, encore tout ensommeillé, bâillait
de temps en temps. Il comprit qu'il serait im-

portun en restant plus longtemps. Il répéta ses félicitations avec force courbettes, et se retira.

Valentin fut contrarié d'apprendre qu'on avait déjà jasé de son héritage après la première messe, devant la porte de l'église. Le village entier en était donc instruit ? et, si le bourgmestre, un homme sec et raide qui ne lui avait jamais témoigné beaucoup de bienveillance, était venu l'éveiller de si bon matin, ne devait-il pas s'attendre à beaucoup d'autres visites ? Il n'en douta pas longtemps car, entendant du bruit devant la porte de l'école, il souleva un coin du rideau et vit dans la rue un grand nombre de villageois qui regardaient sa maison d'un air ébahi, comme s'ils s'attendaient à quelque apparition miraculeuse.

Valentin se dépêcha de se mettre en grande

toilette, car c'était pour lui un jour solennel à plus d'un titre.

A peine avait-il commencé à se faire la barbe, qu'on frappa à la porte de sa chambre. Un grognement de dépit fut sa réponse. Il sentait le besoin d'un domestique, car c'était une chose étrange et ridicule même d'aller lui-même, avec son menton savonné et le rasoir à la main, ouvrir la porte à des gens qui accouraient chez lui uniquement parce qu'il avait hérité de cent mille francs. Cependant, il ne voulait pas être impoli : il dissimula donc sa contrariété, et dit :

— Entrez.

Trois ou quatre fermiers, parents de ses élèves, entrèrent dans la chambre. Ils parlaient tous ensemble de la joie que leur causait

son bel héritage et le comblèrent de félicitations. Après ceux-ci il en vint d'autres, même
des femmes, — car le chemin était frayé, —
et bientôt la petite chambre de l'instituteur
fut pleine de gens de toute condition, qui semblaient intarissables dans l'expression de leur
joie, de leur estime et de leur amitié.

Ceux qui espéraient quelque chose, ou qui
avaient quelque chose à vendre, n'oubliaient
pas de se recommander en même temps à sa
faveur. Ici, c'était un propriétaire qui voulait lui céder une ferme ; là, un marchand de
guano qui vantait sa marchandise pour le cas
où M. Stoop prendrait son plaisir dans l'agri-
culture ; là, un jeune homme qui lui deman-
dait sa protection pour obtenir une place
d'huissier.

Ceux qui possédaient quelque chose et qui avaient des filles l'invitaient à les honorer de sa visite : Thérèse, Isabelle et Philomène lui avaient toujours porté beaucoup d'estime, et avaient appris son bonheur avec un plaisir extrême.

D'abord Valentin était tout confus, la rougeur avait monté à son front, parce qu'il se trouvait ainsi à demi vêtu, devant une foule de gens allant et venant. Mais la bassesse des flatteries outrées qu'on lui adressait lui donna bientôt assez d'aplomb pour ne pas accorder à tous ces compliments plus d'importance qu'ils n'en méritaient. A l'arrivée des premiers, il s'était essuyé à la hâte, et il avait déposé son rasoir. Mais il ne tarda pas à se mettre tout à fait à son aise, savonna

de nouveau son menton, se rasa et s'habilla,
tout en répondant çà et là quelques mots.

Ces visiteurs bruyants quittèrent vivement
la chambre lorsqu'ils virent entrer le curé.
Mais à peine le pasteur fut-il sorti, après
quelques paroles de félicitations, qu'une foule
d'autres villageois se bousculèrent pour s'approcher de M. Stoop.

Cela dura ainsi pendant plusieurs heures.
Le notaire vint se recommander au nouvel
enrichi, qui voudrait sans doute acquérir
quelque propriété à Lisseghem. Puis des
charpentiers, des maçons et des tailleurs
vinrent lui offrir leurs services.

Étourdi et attristé par un sentiment de
mépris pour toutes ces platitudes, Valentin
se disposait à fermer définitivement sa porte,

lorsqu'une voiture s'arrêta devant l'école et M. le baron lui-même vint féliciter l'homme au respectueux salut duquel il ne répondait généralement que par un imperceptible signe de tête.

Cette visite déplut fort à Valentin ; il reçut le baron avec une si froide politesse, que celui-ci abrégea sa visite et remonta dans sa voiture, convaincu que l'argent ne fait que du mal aux gens sans naissance, et les remplit d'un insupportable orgueil.

Valentin, à bout de patience, appela le fils du sacristain, qui avait déjà commencé à instruire les enfants, tant la journée était avancée.

— Mon ami, dit-il, je vous remercie de votre bonté ; mais j'ai encore un autre service à vous demander : placez un des plus grands élèves près de la porte de la rue, chargez-le de dire à toutes les personnes qui se présenteront pour me voir que je n'y suis pas, pour personne absolument! Voilà trois heures que je suis levé et je n'ai pas encore eu le temps de respirer. La tête me tourne, je veux qu'on me laisse tranquille, au moins pendant quelques instants.

— Ah! monsieur Stoop, répondit le fils du sacristain avec un sourire malin, ainsi va le monde, vous êtes maintenant un homme riche.

— Sans doute, mon ami, je vois bien que les roses de ce jardin ne grandissent pas sans épines, mais un homme riche doit manger tout comme un autre. Soyez complaisant et faites ce que je vous demande, qu'on tienne les visiteurs éloignés de ma chambre.

— Il en sera fait comme vous le désirez, monsieur, fût-ce le roi lui-même, je ne permettrais pas qu'on vous dérangeât.

Valentin ferma sa porte au verrou; il devait avoir réellement faim, car il alla droit à l'armoire, prit un pain et s'en coupa une tranche épaisse de deux doigts.

Assis sur une chaise, il se mit à manger son pain avec un véritable appétit, tandis qu'un sourire légèrement railleur se jouait sur ses lèvres. Peut-être pensait-il que cette épaisse tranche de pain était un déjeuner bien frugal pour l'homme riche qu'on avait élevé toute la matinée jusqu'au troisième ciel; peut-être réfléchissait-il aux bassesses que l'argent fait commettre au commun des hommes.

Quoi qu'il en soit, ses idées prirent bientôt une autre direction, car il cessa tout à coup de manger, posa le reste de son pain sur la table, et se mit à marcher dans sa chambre en se parlant à lui-même et en s'arrêtant parfois pour regarder autour de lui.

Le moment était venu d'aller trouver Hélène pour lui demander sa main. C'était assurément là le sujet de ses réflexions. Elle pourrait consentir! qui sait? l'argent est si puissant, il change les gens comme par enchantement; d'ailleurs, n'avait-elle pas toujours eu beaucoup d'amitié et d'affection pour lui? Elle avait même dit qu'elle ne remarquait plus qu'il fût plus laid qu'un autre. Ah! il y

avait de l'espoir, beaucoup d'espoir. Mais
si cependant elle refusait et repoussait sa
proposition avec horreur?... Alors, il fau-
drait attendre avec un peu de patience: le
temps ouvrirait peu à peu les yeux de la
jeune fille. Son père avait raison, le premier
devoir à remplir, c'était d'arracher Hélène
des filets de Casimir Steenput; Valentin ne
pouvait hésiter, quelques pleurs ne le fe-
raient pas reculer; il aurait du courage; la
reconnaissance et le véritable amour le lui
prescrivaient.

C'est ainsi que raisonnait le maître d'école.
Certes, la possession des cent mille francs,
et l'encens que chacun lui avait prodigué
pendant cette matinée, n'avaient pas été sans
influence sur lui. Il se sentait beaucoup plus

fort qu'auparavant ; les idées qui avaient fait naguère fléchir son courage et sa hardiesse, le laissaient maintenant froid et réfléchi ; du moins, il le croyait.

Malgré sa défense, il fut troublé dans ses rêveries par un coup frappé à la porte. Il leva la tête avec dépit ; la voix du fils du sacristain lui cria de dehors :

— Monsieur Stoop, votre voisin le fabricant d'huile vient d'envoyer quelqu'un pour vous prier de vouloir bien passer chez lui.

— J'y vais ; dites que j'y vais immédiatement, dit Valentin en se levant.

Il mit à la hâte une paire de gants blancs, et traversa la rue, où il ne rencontra heureusement personne pour l'ennuyer encore de ses félicitations.

Lorsqu'il fut près de la demeure d'Hélène, la porte s'ouvrit toute seule, et le fabricant d'huile, qui l'attendait probablement, l'introduisit sans mot dire dans une chambre où madame Minnens, la figure cachée dans un mouchoir, pleurait à chaudes larmes.

Cette attitude surprit Valentin comme un mauvais présage; il regarda le fabricant d'huile d'un air interrogateur, et remarqua que celui-ci avait la figure enflammée et les yeux étincelants d'un homme qui vient de se mettre dans une violente colère.

— Eh bien, monsieur, murmura le jeune homme, votre tentative a échoué, n'est-ce pas? Naturellement, nous devions nous y attendre.

— Ma tentative n'a nullement échoué, répon-

dit le fabricant d'huile. Loin de là, la chose
est faite et résolue.

— Et Hélène ?

— Hélène consent.

— Elle consent ? à mon mariage avec elle ?
Impossible !

— C'est comme je vous le dis, et vous ap-
prendrez ce consentement de sa propre bouche.

Valentin ne pouvait croire à cette nouvelle :
le pressentiment qu'on avait employé la contrainte pour déterminer le consentement de la
jeune fille lui faisait peur.

— Mais pourquoi madame Minnens est-elle
donc si triste ? Pourquoi vous-même paraissez-
vous si irrité ? demanda-t-il.

— Certes, je ne prétends pas, monsieur
Stoop, que cela ait réussi en une fois et sans

4

un peu de peine. Il n'y a plus d'enfants aujourd'hui, ils se révoltent contre leurs parents,
et, pour les ramener à la raison, il n'y aura
bientôt plus d'autre moyen que de briser leurs
dures têtes.

— Ciel ! vous auriez pu maltraiter cette
pauvre Hélène ? s'écria Valentin avec horreur.

— Ah çà ! allez-vous recommencer, monsieur Stoop ? grommela le fabricant d'huile
avec un mouvement d'impatience. Vous êtes
un homme d'une faiblesse rare. Hier, nous
avons reconnu ensemble que, coûte que coûte,
il fallait détourner ma fille d'un mariage avec
Casimir Steenput, vous étiez prêt à tout pour
nous aider à atteindre ce but. Vous vouliez
donner votre vie, la dernière goutte de votre

sang, que sais-je encore, pour la tirer des
filets de ce trompeur. Et voilà que vous re-
venez avec un tas de *si* et de *mais*, comme si
vous espériez qu'à la première entrevue Hélène volerait dans vos bras, en vous disant :
« Mon fiancé chéri, marions-nous sur le
champ. » Cela ne pouvait pas se passer ainsi,
vous le savez mieux que moi.

— Mais, monsieur Minnens, de la violence,
de la contrainte contre elle, la bonté, la
douceur même !

— La douceur? Oui, parlez-m'en ! elle a
une tête de roc ; mais, moi, une fois que je
suis monté, j'ai une volonté de fer, et vous
comprenez qui doit l'emporter à la fin.

— Tenez-moi pour faible, accusez-moi de
lâcheté, vous avez peut-être raison, monsieur

Minnens, car je ne me sens pas la force d'accepter d'Hélène une' chose que les mauvais
traitements...

— Bah ! bah ! vous rêvez, les mauvais
traitements? C'est une façon de parler. Je ne
dis pas qu'au commencement, irrité par la
résistance, je n'étais pas près de sortir de ma
peau. Peut-être même lui ai-je montré le
poing ; mais qu'est-ce que cela signifie ?

— Je ne sais, je ne me sens pas bien. Je
suis fatigué, balbutia le jeune homme. Si vous
me permettiez de m'en aller? Hélène, vous,
votre femme et moi, nous aurions le temps de
nous calmer. Je reviendrai demain, cette
après-midi...

— De mieux en mieux! s'écria le fabricant.
Je m'échine pendant trois heures à débarrasser

votre chemin de tous les obstacles ; je par-
viens à obtenir d'Hélène qu'elle se déclare
prête à vous dire qu'elle consent, et au dernier moment, vous prendriez la fuite comme
un écolier timide ! Pensez-vous que je pourrais recommencer souvent sans risquer une
attaque d'apoplexie ? Vous parlez de mauvais traitements ; mais, si je vous écoutais,
n'en seriez-vous pas la première cause par vos
incertitudes et vos hésitations ?

Valentin Stoop ne fit pas grande attention
à l'irritation du fabricant d'huile ; il regardait
tristement la mère d'Hélène, qui avait dé-
couvert son visage.

— N'est-ce pas, madame Minnens, demanda-
t-il, qu'il vaudrait mieux laisser un peu de
repos à Hélène ? On ne peut agir sans un peu

4.

de compassion avec cette pauvre enfant. Vous avez pleuré, madame ?

— Oui, mon cher monsieur Stoop, répondit la mère avec de nouvelles larmes, je pleure ainsi depuis bien des jours. Je suis malade. Si mon enfant doit être malheureuse, j'en mourrais, soyez-en sûr.

— Vous pensez, n'est-ce pas, madame, qu'elle serait malheureuse si nous la contraignions à un mariage qui l'effraye ?

— Oh ! non, non : ce qui me fait mourir d'inquiétude et d'effroi, c'est la crainte, l'affreuse crainte qu'elle ne devienne la femme de ce maudit Casimir Steenput.

Valentin la regarda avec étonnement. Elle leva les mains vers lui d'un air suppliant, et dit :

— Mon cher, mon bon monsieur Stoop, je vous en conjure, prêtez votre concours à des gens qui sont mortellement affligés. Vous seul pouvez encore la sauver. Vous êtes le seul espoir qui nous reste. Soyez généreux, rappelez-vous l'amitié que nous vous avons témoignée. Souvenez-vous de la bonté et de l'affection d'Hélène. Protégez-la, protégez-nous contre le terrible malheur qui nous menace. Soyez notre sauveur ; nous vous serons éternellement reconnaissants et nous prierons Dieu pour vous.

— Je ne demande pas mieux, répondit le jeune homme, profondément touché par ces supplications. Bien que M. Minnens en ait ri, je dis encore que je sacrifierais volontiers mon sang et ma vie au bonheur d'Hélène ;

mais employer la violence pour lui arracher un consentement pénible, cette idée seule me fait frémir, et je me sens effrayé, en effet, comme si j'allais me rendre coupable d'un méfait.

— Eh bien, soit, s'écria le fabricant d'huile en frappant du pied avec fureur. Partez, monsieur Stoop, je ne vous retiens plus, ce ridicule jeu d'enfant a duré assez longtemps, je veux être délivré de tous ces tracas. Je vais de ce pas annoncer à Hélène qu'elle peut épouser Casimir, et je signe au contrat. Comme cela, vous aurez atteint votre but, n'est-ce pas ?

Il se dirigea, en effet, vers la porte pour exécuter sa menace, mais sa femme et Valentin le retinrent malgré sa résistance.

— Laissez-moi tranquille, je ne veux rien

entendre. A quoi bon cette lutte sans espoir contre un sort inévitable ? M. Stoop n'aime pas notre fille, vous le voyez bien, femme; lui aussi nous a trompés.

Valentin leva les yeux au ciel en soupirant pour protester contre cette calomnie.

— Il n'y a rien de pendu au plafond, reprit le fabricant, et des regards désespérés n'ont jamais rien guéri. Voulez-vous être le mari de ma fille, oui ou non ? je vous le demande pour la dernière fois. Vous palissez; pensez-vous qu'Hélène vous mangera? Elle donnera son consentement, je vous l'assure; ne comprenez-vous plus le flamand, monsieur Stoop? Vous souhaitez peut-être réellement qu'Hélène devienne la femme de Casimir

Steenput? Pour l'amour de Dieu, dites-le franchement!

Valentin réfléchissait et paraissait rassembler tout son courage. Il murmura quelques
paroles à peine intelligibles; mais M. Minnens en saisit cependant une au passage, car
il recula d'un pas et grommela :

— Qu'entends-je? me trompé-je? Vous
parlez de couvent. Voulez-vous me rendre
furieux et me pousser à faire un malheur.

— Non, non, mon parti est pris. Je suis
prêt, monsieur Minnens, répondit le jeune
homme. Que désirez-vous que je fasse?

— Vous le savez bien : offrir votre main
à Hélène, et ne pas faire le poltron avec elle.

— Où est Hélène?

— Elle est au salon, et attend votre visite.

— Eh bien, conduisez-moi vers elle.
L'homme, comme vous le disiez, doit puiser
du courage dans le sentiment de son devoir et
dans la rigueur de la destinée.

Les deux parents le suivirent dans le salon.

Hélène était assise près de la fenêtre. Elle
avait pleuré, car ses joues portaient encore la
trace de larmes; ses yeux étaient secs, mais
son visage était d'une pâleur mortelle.

En voyant paraître Valentin, elle tressaillit,
mais elle comprima aussitôt cette émotion et
fixa sur lui un regard dont la singulière fer-
meté frappa le jeune homme d'étonnement et
d'inquiétude.

Il y eut un moment de terrible silence. Valentin oublia de saluer, tant il était confus et

agité. Le fabricant .d'huile s'était placé derrière le maître d'école de telle façon que celui-
ci ne pouvait voir les signes menaçants qu'il
faisait à sa fille.

— Voici M. Valentin Stoop, dit-il, qui
nous fait l'honneur de te demander en mariage. Tu acceptes sa main avec joie, n'est-ce
pas?

Et, comme la jeune fille restait muette, il
lui fit, derrière le dos de Valentin, un signe
qui la fit frémir de nouveau.

Alors, elle répondit avec un soupir douloureux :

— Oui, oui, j'accepte sa main avec joie.

— Et vous, monsieur Stoop, vous consentez
à devenir mon beau-fils, vous me promettez
de rendre ma fille heureuse.

— Je promets que, si mademoiselle me jugeait digne de devenir son époux, tous les instants de ma vie, toutes mes pensées, tous les battements de mon cœur seraient consacrés à reconnaître cette suprême faveur.

— C'est assez, dit le père, il n'en faut pas davantage, le reste s'arrangera tout seul. Le consentement réciproque est donné, je vais m'occuper du contrat. Nous battrons le fer pendant qu'il est chaud. Venez, monsieur Stoop, nous allons arroser cela d'un bon verre de vin.

Mais Valentin ne paraissait nullement disposé à s'en aller. Il regarda avec pitié et les larmes aux yeux la pâle jeune fille qui semblait désespérée et qui se tordait les mains dans une étreinte convulsive.

5

— Venez, venez, répéta M. Minnens, en tirant Valentin par le bras et le traînant vers la porte, ne défaisons pas ce qui est fait et ne gâtons pas les choses par une hésitation intempestive.

Tout à coup Hélène se leva, courut vers le jeune homme, lui prit les deux mains, le ramena au milieu de la chambre, et, le regardant avec des yeux qui exprimaient une ardente prière :

— Valentin, Valentin, dit-elle d'une voix étouffée, avez-vous oublié ce que j'ai fait pour vous? Non, toute amitié pour moi n'est pas morte dans votre cœur ; eh bien, je vous en supplie, payez-moi votre dette! exigez de mon père qu'il me laisse seule avec vous, toute seule ; je vous en saurai gré, je vous bénirai.

Épuisée par la surexcitation de ses nerfs, effrayée peut-être par les gestes de son père, elle se laissa retomber sur sa chaise et attendit toute haletante l'effet de sa prière.

Valentin se retourna et dit d'une voix ferme au fabricant d'huile :

— Hélène a raison, monsieur Minnens, ce n'est pas ainsi qu'on peut décider de l'acte le plus important de la vie. Je vous en prie, accordez-moi un entretien avec votre fille. Peut-être réussirai-je à lui faire envisager ce mariage avec moins d'effroi.

Le fabricant trépigna avec impatience et refusa en grognant d'accéder à ce désir.

— Vous m'avez mis dans une cruelle alternative, reprit Valentin ; je fais la même chose si vous me refusez, je retire mon consen-

tement et je quitte votre maison pour toujours.

La mère Minnens essaya de calmer son mari
et de lui faire comprendre que Valentin, par
son éloquence, donnerait probablement une
heureuse tournure à cette triste affaire. On ne
pouvait pas, d'ailleurs, pensait-elle, être aussi
implacable envers cette pauvre Hélène, on ob-
tiendrait beaucoup plus d'elle par la douceur
que par violence et la brutalité.

— Soit, monsieur, dit le fabricant, nous allons vous laisser seuls; mais n'oubliez pas
que vous êtes homme, et que la moindre faiblesse de votre part vous condamnera, ainsi
que notre enfant, à un malheur éternel.

— Je ne l'oublierai pas, soyez sans inquiétude.

Les parents sortirent et fermèrent la porte derrière eux.

— Nous voilà seuls, mademoiselle, dit le jeune homme en s'approchant de la fenêtre. Vous avez l'air bien souffrant.

Hélène se jeta à genoux devant lui, leva ses mains tremblantes, et lui dit d'une voix qu'elle s'efforçait de contenir pour n'être pas entendue du dehors :

— O Valentin , ayez pitié de moi. Je suis la victime d'une contrainte cruelle. On vous a trompé ; sans cela, vous que je croyais bon et généreux comme un ange, vous ne consentiriez pas à devenir le bourreau de la pauvre Hélène. Non, non, vous ne serez pas sans pitié. Dès que vous saurez que ce mariage, auquel je suis contrainte par la force, peut

me rendre malheureuse, vous le repousserez...
Vous vous taisez? Oh! dites un mot, ne me
laissez pas mourir à vos pieds d'effroi et de
désespoir !

Le jeune homme fut obligé de rassembler
ses forces pour retenir ses larmes. Il releva
la jeune fille, la fit asseoir, et lui dit :

— Calmez-vous, je vous en prie, mademoiselle; parlons tranquillement. Votre vœu
le plus ardent est donc toujours de devenir
la femme de Casimir Steenput? Pauvre
enfant, ne savez-vous donc pas ce qu'il
est?

— Je le sais, Valentin; c'est un malheureux jeune homme qui s'est égaré faute
de bons conseils. Son cœur est bon et
généreux. Il se tuera de désespoir si je

l'abandonne : il perdra son âme... mais je le
sauverai. Et vous, Valentin, vous, mon ami,
vous m'aiderez, n'est-ce pas ?

Le jeune homme, ému d'une sincère et
profonde pitié, lui prit la main. Elle ne la
retira point.

— Écoutez-moi un instant à votre tour,
dit-il. J'ai besoin de me disculper à vos
yeux. La démarche que j'ai faite auprès de
vous aujourd'hui doit vous paraître hardie
et ambitieuse : il faut qu'il y ait une raison
puissante pour que moi, qui jusqu'aujour-
d'hui ai tremblé devant vous, Hélène, comme
un enfant craintif, j'aie le courage d'oser
vous dire : Soyez la femme d'un homme aussi
laid que moi. Mais le respect même, la
reconnaissance, l'intérêt de votre bonheur,

me donnent cette hardiesse extrême. Casimir
Steenput vous a mis un bandeau sur les
yeux. Ses flatteries, son langage insinuant
vous ont ensorcelée, son unique but est de
posséder la fortune de vos parents pour la
dissiper dans la débauche. Si vous devenez sa
femme, vous mènerez une vie de douleur et
d'abandon. Je n'ai pas oublié quel inappré-
ciable bienfait votre amitié a été pour le
pauvre instituteur. Le sort qui vous menace
m'effraye tant, que j'offrirais volontiers ma
vie pour détourner de vous cette malédiction.
Votre père refuse de vous laisser entrer au
couvent, il préférerait vous laisser épouser
Casimir Steenput. Dans son angoisse, il est
venu me conjurer de vous sauver; le seul
moyen, le seul, c'est votre mariage avec

moi. Je le déplore, mais il n'y a rien à y
faire, la fatalité commande et elle est inflexible. Vous pouvez m'accuser d'orgueil et
repousser avec mépris la main d'un homme
qui ne mérite peut-être pas un doux regard
de vous ; mais moi, obéissant au devoir et
à la reconnaissance, je lutterai jusqu'à la fin
ㅏpour vous défendre contre la fausseté et les
convoitises de Casimir Steenput, et pour vous
préserver d'un malheur irréparable.

Dès les premiers mots, la jeune fille
désillusionnée avait retiré sa main. Elle le
regardait d'un œil sévère, et peu à peu un
sourire ironique se dessinait sur ses lèvres.
Lorsqu'il eut fini, elle se leva lentement,
redressa la tête et répondit :

— Vous aussi, monsieur, vous êtes inflexible! Au lieu d'un ami, je trouve en vous un bourreau de plus! Vous voulez me forcer à un mariage sans amour, à un mariage que j'abhorre?

— Sans amour de votre part, bégaya Valentin.

— Et vous, monsieur, oseriez-vous dire que vous m'aimez?

— Je vous aime plus que la lumière de mes yeux.

Hélène fit un pas en arrière.

— Quoi! dit-elle avec une indignation profonde. Je ne voulais pas le croire, mais cela serait vrai? Voilà donc la source impure de votre complaisance pour mon père abusé! C'est vous qui le poussez à me tourmenter ainsi? Eh bien, soit! monsieur, écoutez ce que je vais vous dire : ma mère pleure des journées entières ; ses sanglots me déchirent le cœur. Mon père est tellement aveuglé, tellement abusé, que, pour la première fois de sa vie, il a levé la main sur moi afin de m'arracher mon consentement. Il m'a battue, moi, sa seule, sa malheureuse enfant. Cueillez les fruits de cette violence, monsieur ; traînez à l'autel votre esclave mourante ; emmenez-la dans votre demeure, dans la prison ; mais ne vous étonnez pas si votre victime dépérit et meurt lentement sous vos yeux. Et alors, quand la pauvre fille qui, par compassion et par générosité, est venue vers vous, sera étendue sans vie devant vous, frappez-vous la poitrine et dites-vous : « Oui, je fus son bourreau et son meurtrier... » Voilà ma main, monsieur ; la voilà.

Valentin la regarda en tremblant, mais ne bougea pas. Il semblait changé en pierre.

La jeune fille ne lui laissa pas le temps de maîtriser son émotion : elle marcha vers la porte de la chambre et murmura en s'en allant :

— Vous avez raison, monsieur, l'impitoyable fatalité commande l'affreux sacrifice. Je consens à notre mariage. Allez le dire à mon père.

Valentin demeura un instant comme atterré, puis il sortit vivement du salon et se dirigea vers la porte de la rue ; mais le fabricant d'huile lui barra tout à coup le chemin et lui demanda en riant :

— Eh bien, mon bon monsieur Stoop, où courez-vous ? La joie, peut-être ? Vous êtes bien pâle ! Parlez, qui sera le fiancé : Casimir ou vous ?

— Je n'en sais rien. Casimir probablement, balbutia le jeune homme, presque sans savoir ce qu'il disait.

— Quoi ! s'écria M. Minnens, bouillant de colère, elle aurait refusé ? J'en aurai un coup de sang.

— Non, non, elle a consenti.

Eh bien, alors, entrez ; un verre de vin vous remettra.

— Je suis trop ému, répondit Valentin. La tête me tourne. J'ai besoin de repos. Laissez-moi aller, je vous prie.

Et, en achevant ces mots, il marcha en toute hâte vers la porte.

— Si c'est ainsi, je comprends votre

agitation, grommela le fabricant. Reposez-vous
un peu. Tout à l'heure j'irai chez vous pour
causer du contrat; car nous n'allons pas laisser pousser l'herbe sur ce projet, n'est-ce pas?

Mais Valentin avait déjà disparu et n'entendit pas ces derniers mots.

III

« Mon cher Henri,

» Il y a huit jours, je t'ai écrit que j'avais
renoncé à mon mariage avec Hélène, parce que
l'avenir de cette union contrainte me faisait
reculer. En effet, la vie avec une femme qui
ne voit dans son mari qu'un égoïste et un
bourreau doit être un supplice. Et cependant
aujourd'hui je viens te dire : C'est décidé,
tout à fait décidé, je vais l'épouser.

» Ne m'accuse pas de faiblesse, je voudrais échapper à cet avenir menaçant, mais le devoir est inflexible.

» Hier est venue ici une femme qui nous a dit, en versant des larmes amères, qu'elle a été la victime de la fausseté de Casimir. Il en a rendu d'autres encore malheureuses.

» Cédant aux instances de la mère Minnens, j'ai consenti à faire de nouveaux efforts auprès d'Hélène. Elle m'a reçu avec la même froideur, et elle était convaincue que cette femme était payée par nous pour calomnier Casimir et le lui faire haïr ; quel incroyable aveuglement !

» Elle est ensorcelée.

» Après deux jours de vains efforts pour ouvrir les yeux à Hélène, j'allais renouveler mon refus absolu ; il me semblait qu'il n'y avait plus d'espoir. Je revenais d'une triste promenade dans les champs et me disposais à entrer chez M. Minnens pour lui déclarer que mon mariage avec sa fille était tout à fait impossible et que, dès le lendemain, je quitterais Lisseghem.

» Dans ces dispositions, j'arrivai sur la place du village. J'y aperçus Casimir Steenput appuyé contre un arbre et me regardant insolemment avec un sourire ironique. Ce que son regard me disait figea mon sang dans mes veines ; mon indignation était telle que, dominé par un sentiment d'aversion, je baissai les yeux pour ne pas rencontrer son regard venimeux. Il triomphait, le méchant ! Son regard disait clairement que, malgré

tous nos efforts, Hélène ne s'échapperait pas de
ses filets, qu'elle lui appartiendrait, quoi que
nous pussions faire pour la défendre contre
lui. Il se moquait de moi et me défiait. Son
rire était celui d'un démon triomphant de la
défaite d'une pauvre âme. Peut-être eussé-je
pu m'oublier, car ma colère furieuse me faisait
monter le sang au cerveau : mais heureusement, lorsque je relevai les yeux, Casimir
avait disparu.

» Cette apparition, ce défi, me donnèrent
tout à coup le courage qui m'avait manqué
jusque-là.

» Non, non, Hélène ne pouvait pas tomber
au pouvoir de ce trompeur. Quelques instants plus tard, mon contrat de mariage
était signé. Hélène a mis son nom à côté

du mien sans rien dire, avec une soumission muette.

» Elle sent aussi que nous sommes tous
dominés par une implacable fatalité.

» Pauvre Hélène ! elle est toujours aveuglée
par ce Casimir, je le sens bien ; son amour
pour lui est aussi ardent que mon amour
pour elle. Aussi ne l'importunerai-je pas des
témoignages de mon affection. Je me tairai
et ne lui ouvrirai mon cœur que lorsqu'elle
sera vaincue par les preuves de mon respect,
de mon dévouement, de ma soumission absolue.

» Elle a dit que je voulais faire d'elle
mon esclave. Je lui donnerai un esclave qui
obéira à un signe de son doigt, qui épiera un
regard de ses yeux pour prévenir ses moindres
désirs. Peut-être retrouverai-je ainsi avec le

temps l'amie, la sœur que j'ai perdue. Et qui sait? le cœur humain est si étrange!

» Il y a des moments où je suis le jouet de rêves séduisants. Alors, mon cœur bat de joie, et le monde s'illumine pour moi d'une lumière éclatante. Moi qui, depuis mon enfance, me croyais condamné à une vie triste et solitaire, je vais devenir l'époux d'une belle et pure jeune fille que j'osais aimer en secret d'un amour qui ne devait finir qu'avec ma vie. De pareilles idées suffiraient à me rendre fou de bonheur. Et cependant, mon ami, il y a d'autres moments où l'avenir me fait frémir, et où j'envisage avec terreur l'affreuse existence dont elle me menace. Ces fantômes me poursuivent sans cesse et me font souffrir inutilement; car maintenant il n'y a plus à reculer. Si ma vie doit être malheureuse, je trouverai la force et le courage dans la conviction que je ne pouvais échapper à cette destinée sans exposer Hélène au malheur, à la misère et peut-être au déshonneur.

» Il y a maintenant quatre jours que nous avons signé le contrat. Son père fait l'impossible pour hâter notre mariage. Dans un mois, je serai marié.

» J'ai acheté à une heure de marche d'ici un bien de campagne. C'est un vieux petit château rebâti à la moderne, avec un vaste jardin et un parc plein de grands arbres. Hélène aime les fleurs : notre jardin en sera plein. Je ferai construire des serres et des volières. Nous aurons des chevaux et de belles

voitures, une calèche surtout. Je meublerai
ma maison de tous les petits objets de luxe
qui peuvent plaire à une femme. Je veux
pour elle être magnifique et même prodigue.
Pourvu que je puisse lui arracher un sourire !

» Ne m'accuse pas d'imprévoyance. Je
suis encouragé dans mes efforts par ses parents et par la tante Vleugels. Ils donnent à
Hélène, en attendant qu'elle hérite d'eux, une
pension annuelle de cinq mille francs, et ils
mettent en même temps à ma disposition,
pour m'installer, une somme égale à la moitié de ma fortune.

» Tu vois bien, Henri, que je suis assez
riche pour entourer Hélène de tout le bien-
être et de tout le luxe qui peuvent rendre
une femme heureuse. Oh ! si elle consentait

à l'être ! Si elle finissait par reconnaître que je suis devenu son époux, non par égoïsme, ni parce que je me croyais digne d'elle, mais par amour, par reconnaissance, par dévouement ? Quel beau rêve, s'il pouvait durer ou se réaliser jamais ! Hélas ! hélas !

» Mais je ne veux pas fermer ma lettre sur une plainte. Tu sauras en temps utile le jour de mon mariage. Je me flatte du doux espoir que tu viendras à Lisseghem pour faire connaissance à ma noce avec la compagne de ma vie. Ses parents t'inviteront également. Je t'en prie, ne me refuse pas le bonheur de te serrer la main en ce jour solennel. J'ai tant de choses à te dire !

» Ton ami dévoué.

» VALENTIN STOOP. »

IV

Le 25 novembre 1858 devait être pour Lisseghem un jour solennel et joyeux, car la place du village était décorée avec beaucoup de luxe et de goût.

Les tilleuls étaient bien, dans cette saison avancée, dépouillés de leur verdure ; mais les habitants avaient planté, depuis la maison de M. Minnens jusqu'à l'église, une double rangée de sapins verts reliés entre eux par des bandes de calicot de diverses couleurs ; à chaque arbre un écusson portait quatre vers composés par le fils du sacristain, ou bien ces seuls mots : « Vive Valentin Stoop ! vive Hélène Minnens ! »

Aux maisons flottaient des bannières tricolores ; il y avait même des couronnes de feuillage suspendues en travers de la rue, ou des guirlandes de fleurs artificielles. Partout on voyait les lettres V et H répétées sous deux mains entrelacées, emblème de l'amour conjugal.

Tout à coup les cloches commencèrent à sonner avec une force inusitée ; le tonnerre de quatre ou cinq canons retentit derrière le cimetière.

La porte de l'église s'ouvrit au large et un flot d'hommes, de femmes et d'enfants reflua dans la rue, où ils se placèrent sur deux rangs, devant l'entrée du cimetière, pour jouir à leur aise du spectacle de cette riche et belle noce.

Sans doute le fabricant·d'huile avait promis de donner à boire quelques tonneaux de bière dans les principaux cabarets, car on voyait un grand nombre de gens qui se frottaient les mains et qui criaient à pleins poumons pour mériter cette largesse.

La noce entra à l'église aux sons joyeux des cloches sonnant à toute volée, au milieu des murmures approbateurs et des félicitations bruyantes de la foule qui agitait ses casquettes et ses chapeaux.

Le cortége était superbe ; derrière les nouveaux mariés et leurs parents venaient la tante Vleugels, quelques autres membres de leur famille, le bourgmestre, le notaire et même le docteur, un petit homme gros et court, sur les lèvres duquel semblait stéréotypé un sourire étrange, quelque chose d'amical et d'amer à la fois.

6

La fiancée portait une couronne de fleurs d'oranger et une robe de satin blanc. Ce vêtement blanc et ondoyant, avec ses reflets d'argent, stupéfiait par sa richesse les femmes et les filles, dont l'œil suivait chaque pli, chaque mouvement de l'étoffe.

M. Stoop était vêtu, ainsi que l'exige un usage inexplicable, absolument de la même manière que pour un enterrement, c'est-à-dire tout en noir, avec une cravate blanche et des gants blancs.

Cette mise solennelle lui allait très-bien et faisait paraître moins sensible la laideur de son visage.

Valentin était sorti de l'église avec sa femme à son bras, mais il sentait qu'elle était agitée d'un frisson nerveux, et qu'elle retirait son

bras peu à peu et d'une façon presque imperceptible. Il n'osa pas la retenir et la laissa
libre sans manifester aucune tristesse.

A l'église, tout s'était bien passé. Hélène
avait prononcé le *oui* d'une voix ferme ; le cœur
de Valentin avait battu d'espoir, et, devant
l'autel du Seigneur, il avait rêvé qu'Hélène ac-
cepterait son sort avec résignation et lui
pardonnerait peut-être ce qu'il avait fait pour
son bien. Mais, à présent, quel affreux ré-
veil ! Le seul contact du bras de son mari la
faisait tressaillir, et, peut-être, sans le savoir,
par un sentiment d'invincible aversion, elle
s'éloignait de lui !

On avait poussé de vives acclamations lorsque les nouveaux mariés étaient sortis de
l'église ; mais à peine avaient-ils fait quel-

ques pas sur la place du village, que tout le
bruit cessa, malgré les signes du fabricant
d'huile pour les faire recommencer, comme
si quelque événement inattendu avait frappé
tous les villageois de mutisme.

Les seuls mouvements qui indiquassent
encore la joie publique, étaient les ondulations
de la foule, chaque fois qu'elle se portait
en avant du cortége pour voir encore une fois
la mariée.

Quelque chose d'inexplicable frappait donc
tout le monde d'étonnement. Hélène était si
pâle, si affreusement pâle, que son visage se
confondait avec la blancheur de son voile et
de sa robe. Elle marchait les larmes aux
yeux. On ne pouvait pas le voir, mais il y
avait assurément des larmes dans son expres-

sion douloureuse et dans le frémissement de ses lèvres décolorées.

Valentin n'était pas moins pâle. Cette première marque d'aversion après le mariage l'avait profondément effrayé. L'attitude de sa femme, tous les signes de sa résignation désespérée, la pensée qu'elle se considérait comme une victime et qu'il était resté pour elle un bourreau détesté, tout cela lui avait rempli le cœur d'angoisse. Plongé dans de douloureuses réflexions, il avait presque perdu la conscience de lui-même. Lui aussi tenait la tête baissée et marchait d'un pas incertain.

Tous deux avaient l'air de gens qui ont escorté un ami au cimetière, et qui pleurent la perte d'une personne chère. Ceux qui faisaient

6.

partie du cortége étaient gais et riants. Toutes
ces hésitations et ces frayeurs apparentes des
jeunes filles le jour de leur mariage, que
signifient-elles? Le lendemain, elles sont déjà
habituées à leur nouvel état, et elles se mo-
quent de leur enfantillage de la veille. C'est
ce que pensaient les gens de la noce, d'autant
plus qu'ils allaient se mettre immédiatement
à table, où les attendait un festin somptueux,
Quelques verres d'un vin généreux et quelques
couplets en leur honneur auraient bientôt
déridé le front et délié la langue des mariés.
Telle était du moins l'opinion du père Minnens, qui marchait derrière Valentin avec
une expression de triomphe, en gesticulant
joyeusement, et ne se faisait pas faute de le
railler sur sa taciturnité.

Lorsqu'on fut près de sa demeure, il cria à haute voix et en riant :

— A-t-on jamais vu un mari pareil, qui laisse courir sa femme comme si elle lui était inconnue ! Qu'est-ce que cela signifie ? Voulez-vous bien vite donner le bras à votre femme, comme il convient ! Le monde pourrait croire que vous vous haïssez.

En disant ces mots, il prit le bras de sa fille et le passa sous celui de Valentin. Aucun des deux n'osa résister, et ils entrèrent ainsi dans la maison aux applaudissements de la foule et du père triomphant.

— A table, à table, mes amis ! s'écria celui-ci ; il n'y a pas un instant à perdre. M. et madame Stoop doivent partir à cinq heures pour prendre à Courtrai le train de Paris, et il y a à manger pour une journée entière. Tenez, voilà la soupe ; à table !

Valentin conduisit sa femme à la place d'honneur, où deux fauteuils étaient placés pour elle et pour lui. Alors, il crut pouvoir rompre le silence et dit :

— Allons, ma chère Hélène, prenez un peu de courage, asseyez-vous. Vous avez besoin de repos, n'est-ce pas ?

Ces mots : « Ma chère Hélène » que Valentin avait, sans le vouloir, prononcés d'un ton de protection, comme un mari, agitèrent vivement la pauvre fiancée. Une teinte bleue se mêla à la pâleur de son visage, et elle se laissa tomber, presque défaillante, sur son fauteuil, en poussant un cri d'angoisse. Tout le monde l'entoura pour lui demander si elle

se sentait indisposée. Sa mère lui prit la
la main, prête à pleurer ; mais Hélène, par un
pénible effort parvint à se maîtriser, et murmura :

— Ne sois pas inquiète, chère mère, ce
sont les nerfs ; cela va se passer.

Mais, en levant la tête, elle rencontra le
regard triste de Valentin qui l'implorait avec
des yeux pleins d'amour. Elle retomba sans
force contre le dossier de son fauteuil, et se mit
à trembler et à frissonner comme une personne
en proie à une violente attaque de nerfs.

Le docteur lui tâta le pouls, secoua la tête
d'un air mécontent, et dit :

— Mes amis, c'est plus grave que nous ne
pensions. Non pas qu'il puisse en résulter des
suites sérieuses, mais pour le moment

madame Stoop a besoin d'un repos absolu.
Elle doit se coucher pendant une heure ou
deux.

A ces mots, le fabricant d'huile se fâcha et
frappa du pied avec impatience. Mais le docteur lui coupa la parole.

— Non, non, monsieur Minnens, pas de
colère. Votre fille est malade, et, comme père,
vous devez avoir pitié d'elle. Elle souffre ;
une pareille fièvre nerveuse est très-doulou-
reuse chez les femmes. Or, je suis médecin, et,
que vous y consentiez ou non, madame Stoop
doit prendre du repos.

— Eh bien alors, qu'on l'assiste au moins.
Vous êtes là hésitant comme un homme qui
ne sait où donner la tête. Donnez-lui le bras,
M. Stoop, et conduisez-la à sa chambre. C'est

votre affaire maintenant. Peut-être, si vous aviez montré un peu plus de courage...

Valentin fit un pas en avant pour suivre le conseil un peu brutal de son beau-père ; mais Hélène, par un mouvement d'inquiétude, avait pris le bras de sa mère et celui du doc-teur. Elle se leva en chancelant, et monta pé-niblement l'escalier, suivie de la tante Vleu-gels, de son père, de Valentin et de quelques autres membres de la famille. Le docteur vou-lait la mener à son lit : mais elle dégagea son bras et se jeta sur un sofa en répondant d'une voix étouffée :

— Non, non, pas sur mon lit ; je suis bien ici. Pour l'amour de Dieu, laissez-moi en paix, laissez-moi respirer.

Et, comme Valentin murmurait quelques paroles d'encouragement, elle jeta autour d'elle un regard suppliant.

— Je vous en prie, soupira-t-elle, faites silence autour de moi ; par pitié, ne parlez pas. Ces voix m'irritent les nerfs. Descendez tous, et laissez-moi seule.

Sur l'ordre du docteur, qui donna raison à la malade, et sur les instances du père, qui ne voulait pas laisser refroidir le dîner, tout le monde sortit, excepté le docteur, la mère, la tante et Valentin.

Hélène avait fermé les yeux et appuyé sa tête contre le dossier du canapé ; ses nerfs paraissaient se calmer, car elle n'était plus agitée que par de rares frissons.

Le docteur fit remarquer à voix basse que l'accès était sans doute passé et que la malade

serait bientôt rétablie. Il ne lui fallait qu'un
peu de repos.

On se tint donc tranquille, et personne ne
dit mot. La tante Vleugels descendit pour ras-
surer les convives, et ne tarda pas à remonter.

Enfin Hélène rouvrit les yeux et regarda sa
mère sans rien dire. Celle-ci s'approcha, lui
prit la main et l'encouragea doucement par
de consolantes paroles. Le docteur et la tante
Vleugels, de leur côté, essayèrent de la convaincre que l'agitation de ses nerfs serait
bientôt calmée et qu'elle ne ressentirait plus
rien de cette petite indisposition.

Valentin hésita longtemps, il ne savait que
faire, ni comment se conduire ; lui seul, le mari,
n'osait approcher de sa femme. Elle paraissait
accepter avec reconnaissance les consolations

7

des autres ; mais, s'il lui parlait, sa voix ne
la ferait-elle pas retomber dans une nouvelle
attaque ? Cependant, il ne pouvait rester immobile et en apparence insensible. La mère
Minnens et la tante le regardaient d'un air de
reproche et leurs yeux l'appelaient auprès de
sa femme.

Il s'approcha, le cœur battant, et murmura
d'une voix à peine intelligible :

— Le ciel soit loué, Hélène, de vous avoir
délivrée de cette affreuse indisposition !...
Prenez courage, ma chère, tantôt vous pourrez
descendre et recevoir les félicitations de nos
amis.

Ce qu'il craignait, et pis encore, se réalisa
à l'instant. Le seul son de sa voix avait fait
courir des tressaillements sur les lèvres et les

joues de la malade ; mais, au mot de *félici-tations,* un rire amer contracta sa bouche, ses pieds et ses mains s'agitèrent par secousses violentes, comme si ses nerfs se tendaient à se rompre, puis se détendaient tout à coup.

La mère et la tante levèrent les bras au ciel en poussant un cri d'angoisse. Valentin recula de quelques pas, cacha sa figure dans ses mains et se mit à pleurer.

Le docteur imposa silence aux deux femmes et s'efforça de les convaincre qu'elles s'alarmaient à tort. Il ôta à Hélène sa couronne nuptiale et lui mouilla le visage avec de l'eau fraîche. Elle essaya d'écarter ses mains, mais il était facile de voir que ses mouvements n'obéissaient plus à sa volonté.

Le médecin travailla longtemps en vain

pour triompher de l'attaque de nerfs ; le mal empirait de plus en plus.

Le vieux praticien sembla même s'effrayer, en voyant tout à coup une rougeur ardente monter au front de la malade, et en sentant son pouls s'accélérer avec une vitesse extraordinaire.

Il se leva, tourna la clef de la porte dans la serrure et la mit dans sa poche. Puis il dit à voix basse aux deux femmes qui le regardaient en tremblant :

— Soyez raisonnables et prenez courage. Pas d'hésitation. Donnez-moi des linges, un mouchoir, un bassin. Il faut que je saigne madame. Silence, pour l'amour de Dieu ! Cela ne signifie rien et cela la guérira. C'est fini en un instant.

La mère Minnens eût sans doute rempli la chambre du bruit de ses plaintes, si le docteur ne l'avait pour ainsi dire réduite au silence et forcée de lui donner les linges dont il avait besoin.

Qui donc l'assisterait dans cette opération? Il se tourna vers le marié; mais, en le voyant pleurer à chaudes larmes, il le laissa tranquille et invoqua l'aide de la tante Vleugels. On couvrit Hélène d'un drap de lit pour ne pas tacher sa belle robe; le docteur lui ouvrit la veine, et le sang jaillit dans le bassin que tenait la tante Vleugels.

Valentin, qui jusqu'à ce moment, plongé dans une immense douleur, n'avait pas eu conscience de ce qu'on faisait, fut tiré de son abattement par un cri perçant de la mère

Minnens ; il tourna les yeux vers Hélène et vit le sang qui coulait dans le bassin , le sang de sa fiancée ; sa prédiction allait-elle donc s'accomplir, et n'avait-il épousé qu'un cadavre ?

Il tomba sur un fauteuil et cacha son visage dans ses mains.

Le docteur eut bientôt bandé la piqûre. Hélène paraissait épuisée, mais fort tranquille et probablement délivrée de son attaque de nerfs. Aidé de la mère et de la tante, le docteur la porta sur son lit, arrangea les oreillers sous sa tête, jeta un drap sur elle, et recommanda le silence le plus absolu.

Au bout de quelques minutes, on frappa à la porte. Le docteur ouvrit après avoir caché tout ce qui avait servi à la saignée.

Le fabricant d'huile, déjà un peu animé par le vin, entra et demanda :

— Eh bien, comment cela va-t-il ici ? N'est-ce pas encore fini ?

— Cela va mieux ; Hélène repose, répondit la tante Vleugels.

— Ah çà ! descendez donc tous pour vider un verre à la santé des nouveaux mariés. Une belle noce, vraiment ! On se croirait à un enterrement. — Et vous, mon beau-fils, allez-vous continuer à geindre pour une bagatelle qui sera passée tout à l'heure ? Le beau marié qui, le jour de ses noces, oublie de boire et de manger !

Il se disposait à continuer sur ce ton, mais sa femme, indignée de ces plaisanteries en un pareil moment, lui ferma la bouche et le poussa hors de la chambre.

Quelle nouvelle annonça-t-il à ses convives en redescendant? On ne sait, mais peu à peu le bruit redoubla dans la salle à manger, et, quelques heures plus tard, le son des voix, le bruit des chansons, montait distinctement jusqu'au premier étage. Étrange et triste jour de noces pour le pauvre Valentin! La nuit — sa première nuit de noces — le trouva assis avec madame Minnens auprès du lit d'Hélène, tous deux pleurant et le cœur brisé, quoique la malade fût mieux et parût reposer tranquillement.

V

« Lisseghem, le 25 mars 1859.

» Mon cher Henri,

» Depuis que je t'ai annoncé avec une certaine joie que ma femme Hélène n'est plus alitée, j'ai pris plus d'une fois la plume pour t'écrire, mais chaque fois le découragement m'a vaincu. Je suis honteux de t'ennuyer ou plutôt de t'attrister sans cesse par mes plaintes désespérées, car je ne doute pas que tu ne prennes une part très-vive à mes souffrances.

» Il y a des situations affreuses, sans issue, si fatales et si irrévocables, qu'elles anéantissent même en nous le besoin d'épanchement. Ce besoin, je l'éprouve de nouveau et je veux te confier le terrible supplice auquel je suis condamné. Si tu crois que j'ai été imprudent, excuse-moi : si tu me trouves coupable, pardonne-moi ; si réellement j'ai erré, je l'expie amèrement.

» Voilà plus de trois mois que je t'ai écrit.

7.

Depuis, je suis allé avec ma femme habiter notre petit château. Quelle vie! C'est la nuit, une nuit éternelle...

» Hélène va et vient comme une ombre; elle ne parle pas, et, si par hasard elle répond, lorsque je m'enhardis à lui parler, c'est d'une façon si brève et si laconique, qu'on dirait que parler lui fait mal.

» Cependant elle est douce et patiente, polie et amicale en apparence; mais elle me fuit, et jamais je ne puis l'approcher sans la chercher et la surprendre. Mais alors, hélas! un poignard me perce le cœur. Dès qu'elle entend le son de ma voix, dès que le bruit de mes pas lui révèle mon approche, ce même frisson nerveux l'agite tout entière. Lorsque parfois elle rencontre mon regard sans s'y attendre, ses

yeux se remplissent d'effroi et d'horreur,
comme à l'aspect d'une affreuse apparition.
Elle erre dans les chambres du château et dans
les allées du parc comme un fantôme, comme
une âme en peine. Elle pleure et soupire en
secret; elle devient chaque jour plus maigre et plus pâle.

» Rien, rien au monde ne paraît assez
puissant pour l'arrêter sur le chemin fatal
qui finit au cimetière. O mon Dieu, forti-
fiez-moi, éclairez mon pauvre esprit; inspirez-
moi, indiquez-moi le moyen de la défendre
contre cette terrible fin! Oui, oui, Henri,
elle mourra, parce qu'elle se sent liée à cet
homme disgracié qu'elle hait de toutes les
forces de son âme. Et moi, insensé, qui espérais par mille preuves de soumission, de dé-

vouement et d'amour, obtenir au moins d'elle
indulgence et pardon ! Tous mes efforts ont
échoué ; bien plus, j'ai acquis la conviction
que tous mes actes, au lieu de la fléchir, ne
font que l'affliger et l'irriter davantage. J'ai
fait construire une grande serre où j'ai
rassemblé mille fleurs et plantes rares , j'y ai
fait un rocher d'où tombe sans cesse une eau
vive. Des poissons rouges qui viennent manger
dans la main nagent entre les pierres mous-
sues. Sous un dais de grenadille grimpante,
un banc de mousse invite au repos. J'ai été
l'architecte et le jardinier de ce petit paradis,
dans l'espoir qu'Hélène prendrait quelque
plaisir à s'y asseoir.

» Hélas ! elle ne veut pas aller dans la
serre, sous prétexte que la chaleur et les

parfums des fleurs lui attaquent les nerfs.
Mais je vois bien ce que c'est : j'ai respiré
dans cet air, j'ai touché ces fleurs, j'ai cons-
truit ce palais enchanté, moi, l'être détesté !

» Quand elle était jeune fille, elle avait
un plaisir extrême à se promener en voiture
ouverte. J'en ai acheté une avec deux beaux
chevaux. Elle n'a pas encore voulu y mettre
le pied ; elle ne peut plus supporter les cahots
d'une voiture, dit-elle. Je lui envoie, sans
qu'elle le sache, des malades et des pauvres,
et je l'engage à les assister et à les consoler :
mais elle se contente de faire distribuer des
aumônes par une servante.

» Ah ! je le vois bien, elle ne prend plaisir
à rien. Elle aspire après l'heure de la délivrance, et, comme la tombe brise tous les

liens, elle veut vivre comme une morte pour
hâter l'instant souhaité. Dans la pièce où
elle se tient souvent, elle baisse tous les
rideaux et rend tout si sombre autour d'elle,
que les yeux ont peine à s'habituer à cette
demi-obscurité. Elle fuit toute clarté, elle
hait tout bruit. Les domestiques connaissent
ses désirs et y obéissent. Moi-même, je
n'ose plus parler haut. Notre demeure est
comme une caverne habitée par des spectres
muets.

» Dans les commencements, ses parents
venaient nous voir souvent avec son père, qui
se moquait de son incompréhensible tristesse ;
elle était aussi silencieuse qu'avec moi. Mais
avec sa mère, quand elles sont absolument
seules, elle montre un peu plus de confiance ;

à chacun elle donne pour explication qu'elle se sent très-malade et que sa conduite n'est que la conséquence de son affection nerveuse.

» Si je tremble en présence d'Hélène comme un enfant craintif, je me suis du moins senti un peu de courage pour repousser les railleries grossières et les injustes reproches de son père. Un jour, je lui ai fait comprendre que ma patience était à bout et que je ne voulais pas être plus longtemps l'objet de ses grossièretés.

» Depuis lors, il n'est pas revenu, et j'en remercie le ciel. Cela m'ennuie affreusement de m'entendre accuser sans cesse de lâcheté, et d'entendre constamment des menaces de violence contre Hélène, pour vaincre son prétendu entêtement.

» Peut-être me taxeras-tu aussi de lâcheté.
Quelquefois je doute moi-même si ma faiblesse
n'est pas la cause de ce qui arrive. Mais,
Henri, qui serait assez cruel pour adresser
une parole dure à ce pauvre agneau, assez
inhumain pour maltraiter cet ange? Oui,
c'est un ange. Elle est aussi malheureuse
que moi, et jamais une plainte, jamais un
reproche, rien.

» Une autre raison me retient et fait de
moi son esclave timide. Je croyais, avant
mon mariage, l'aimer avec toute la puissance
dont le cœur humain est capable. Quelle
erreur ! Maintenant je l'aime mille fois plus,
à tel point que je me laisserais volontiers cou-
per la main pour un seul de ses doux sou-
rires.

» Et la voir mourir! Sentir en mon cœur la soif d'un amour partagé, et vivre à ses côtés avec la certitude que je suis son bourreau et son meurtrier!

» Pourquoi Dieu m'a-t-il donné la fortune qui m'a conduit là? Était-ce une malédiction? Moi, moi, le meurtrier d'Hélène! Mon ami, comprends-tu toute l'horreur d'un pareil sort? Si l'homme pouvait se débarrasser de la vie avant que Dieu l'appelle, avec quelle joie je briserais ce nœud conjugal, sous lequel la mort creuse deux tombes! Ah! si elle retrouvait la liberté, si elle ne se savait plus liée à un être détesté, comme elle se guérirait vite? Mais comment? Elle est condamnée, elle doit souffrir ainsi que moi, jusqu'à ce que son âme soit délivrée, — elle

l'a dit, — jusqu'à ce que son bourreau la
voie étendue sans vie et se dise : « C'est moi
qui l'ai tuée. »

» Mes sens s'égarent. Il faut que je reprenne
haleine et que je me calme. Tu crois que
mon imagination s'égare, que j'exagère beaucoup, qu'Hélène souffre d'un mal nerveux et
que je me figure à tort qu'elle me hait. Je me
suis aussi flatté pendant quelque temps de
cet espoir. Mais, deux circonstances ont fait
tomber le bandeau de mes yeux. Casimir
Steenput a épousé une femme de mauvaise
réputation, qui a hérité récemment d'une
certaine fortune. Il a eu l'insolence de nous
envoyer une lettre de faire part. Lorsque
cette surprenante nouvelle m'arriva, j'espérais
un moment qu'elle pourrait contribuer à la

guérison d'Hélène. Je pensais que son amour
aveugle pour Casimir était la source de sa
haine contre moi et de sa tristesse. Pour
m'assurer de l'effet de cette nouvelle sur elle,
je posai la lettre ouverte sur la table d'une
chambre qu'elle traverse souvent, et je restai
à l'extérieur, caché derrière une fenêtre,
pour l'observer. Elle allait éclater en larmes,
sans doute, peut-être s'évanouir, mais cette
émotion pouvait exercer une influence salutaire sur sa guérison.

» Comme je me trompais ! Hélène s'approcha de la table, en effet, de ce même pas lent
et sans force qui lui est devenu particulier.
Elle prit la lettre, la lut, la replaça sur la
table, et s'éloigna avec un léger sourire. Elle
ne donna pas d'autre signe d'émotion. Elle

ne dit pas un mot de cette nouvelle, et il ne s'est fait aucun changement dans son état ni dans sa manière d'être.

» Elle ne regrette même plus Casimir Steenput; tout est mort en elle, excepté son aversion pour moi. En pourrais-je douter? Elle a écrit son arrêt et le mien de sa propre main. Un jour que j'entrais dans les appartements sombres et solitaires du château, et que je me creusais la tête pour inventer quelque chose qui pût la consoler ou la ranimer, je remarquai sur le plancher quelques petits morceaux de papier déchirés que je n'y avais pas jetés. Elle seule pouvait l'avoir fait. Je ramassai les morceaux de papier, et le mot *mariage* que je vis écrit sur l'un d'eux de la main de ma femme excita tellement ma curiosité, que je rassemblai soigneusement tous les autres petits morceaux et m'enfermai dans ma chambre pour les rapprocher. Ce que j'y lus était les paroles que j'avais dites moi-même à Hélène, et qu'elle avait gravées dans sa mémoire comme la vérité fatale sous le poids de laquelle nous devions succomber tous deux : « Un mariage sans amour est un jardin sans soleil, où les fleurs du cœur doivent mourir faute d'air. » Un mariage sans amour ! Qu'est-ce que l'absence d'amour, là où il n'est pas même permis de songer à l'indifférence ? N'est-ce pas la haine ? Et devoir vivre ainsi ! La voir dépérir sous mes yeux comme une fleur rongée par un ver mortel. Savoir que mon regard, que ma voix, que ma présence la tuent ! et ne pouvoir mourir pour la sauver, pour briser sa chaîne d'esclavage. Et l'aimer d'un amour insensé !

» Mon bon ami, si je ne t'écris plus après aujourd'hui, pense que c'est que mon sort s'accomplit avec une impitoyable régularité, parce que j'ai perdu tout mon courage, parce qu'elle est déjà morte à mes yeux, et que cette affreuse conviction me rend indifférent à la vie et même à la fidèle amitié. Adieu,

» Ton malheureux ami,

» VALENTIN STOOP »

VI

Hélène était assise dans son fauteuil sous une des hautes fenêtres du château. Quoique les rideaux fussent baissés et fermés avec soin, le salon était assez éclairé, parce que le

soleil du matin tombait d'aplomb sur la fenêtre
et que sa lumière traversait l'étoffe des stores.

Le chagrin et la maladie avaient rendu la
pauvre Hélène presque méconnaissable. De
la charmante jeune fille, brillante de jeu-
nesse et de santé, il ne restait rien qu'une
pauvre créature maigre, pâle et languissante,
dont les mouvements lents et sans force de-
vaient faire croire à une mort plus ou moins
prompte, mais inévitable.

A peine voyait-on encore une vivacité maladive dans ses yeux bleus, qui semblaient na-
ger dans un cristal brillant, absolument
comme des perles. On eût dit que le globe de
ses yeux était devenu transparent, et que son
regard fixe rayonnait des profondeurs de son
cerveau.

Pendant qu'elle était ainsi immobile, son cerveau travaillait sans doute, car de temps en temps un soupir soulevait sa poitrine et elle secouait la tête avec découragement.

Un mouchoir blanc était posé sur ses genoux, et ses doigts le pliaient nonchalamment, tandis que ses idées étaient ailleurs. Puis, elle le lâchait, pour recommencer un instant après, sans en avoir conscience, comme un enfant débile dont l'esprit est trop faible pour prêter pendant quelque temps son attention à une chose.

Il y avait déjà longtemps qu'elle était plongée dans ces tristes rêveries, lorsque soudain un étrange frisson parcourut ses membres.

Elle se leva comme en sursaut, tendit l'oreille et écouta avec effroi un bruit à peine perceptible.

Sa crainte parut se confirmer, car elle se mit à trembler et leva les yeux au ciel. Une seule plainte, un seul mot, tomba de ses lèvres :

— Lui !

Elle se laissa retomber sur sa chaise, baissa profondément la tête, et fixa les yeux au sol, comme pour se soustraire à une apparition redoutée.

La porte s'ouvrit tout doucement et un homme entra sur la pointe des pieds. Après avoir fait deux ou trois pas, il s'arrêta et regarda Hélène avec l'expression d'une profonde pitié et d'une grande tristesse. Cet homme était Valentin Stoop. Lui aussi paraissait maigre et malade ; on eût dit qu'il s'était passé bien des années depuis son mariage, tant ces quelques mois d'une vie sombre et sans espoir l'avaient vieilli.

Retenu par une crainte insurmontable, il fit en hésitant quelques pas de plus. Il était évident que ce n'était pas sans intention qu'il était entré dans cette pièce, car les mouvements de sa tête et l'expression de ses yeux disaient qu'il s'encourageait lui-même à un nouvel effort.

Ce qui le frappait ainsi d'irrésolution, c'était l'attitude et les tressaillements nerveux de sa femme. Elle l'avait donc entendu venir, malgré les précautions qu'il avait prises pour ne pas faire de bruit. Son approche lui inspirait la crainte et l'horreur.

Mais ne le savait-il pas d'avance, et n'était-ce pas toujours ainsi ? Il avait résolu malgré ces signes d'aversion, de lui parler longuement Il avait respecté assez longtemps avec une soumission résignée l'isolement et le silence de sa femme. Peut-être, avec un peu de hardiesse, pourrait-il provoquer une explication franche, et qui sait si ce n'était pas le moyen de la tirer de sa secrète et mortelle tristesse ? Par amour, par compassion pour elle, il fallait l'essayer, si pénible que fût l'idée de la tourmenter encore.

Ces réflexions lui donnèrent la force de s'approcher de la malade.

Arrivé auprès d'elle il dit d'un ton craintif :

— Hélène, ne tremblez pas ainsi. Je ne suis

pas venu pour vous dire quelque chose de
désagréable. La douleur de vous voir malade,
le sentiment du devoir qui me prescrit d'essayer quelque chose, et ma conscience qui me
reproche de vous laisser languir lâchement !...
Non, je ne viens pas vers vous, poussé par une
pensée égoïste. La pitié, l'am... l'inquiétude...
Maîtrisez votre agitation, je ne veux pas vous
causer de chagrin. Allons, Hélène, consentez
pour un moment à ce sacrifice douloureux,
mais nécessaire. Laissez-moi vous parler :
soyez miséricordieuse, c'est une grâce, un
bienfait que j'implore de vous. Puis-je espérer
que vous m'écouterez avec patience et avec
un peu d'indulgence ?

— O mon Dieu, que je suis malade !
soupira Hélène. Ma tête tourne ; je vous écou-

terai, mais, pour l'amour de Dieu, monsieur,
parlez bas !

Il y avait dans le son de sa voix quelque
chose de pénible qui attestait une résignation
sans espoir, mais il semblait que l'agitation
de ses nerfs avait cessé. Valentin prit courage
et dit aussi doucement que possible :

— Hélène ! chère Hélène ! c'est donc décidé? Il n'y a rien à y faire? Vous restez sans
pitié pour vous-même et pour les autres!
Vous abrégez votre vie et marchez à pas ra-
pides vers le terrible but de votre tristesse.
Vous le savez, mais vous vous plaisez à cette
affreuse certitude; vous voulez mourir! non
pas parce qu'on vous cause volontairement
une souffrance quelconque, mais pour vous
venger de celui que vous supposez capable

8.

d'un fol orgueil et d'un égoïsme cruel !

— Me venger ? murmura Hélène ; que Dieu, qui lit dans mon cœur déchiré, vous ôte ces injustes idées.

— Peut-être me trompé-je, Hélène. Vous êtes si bonne, si généreuse ! L'amour de la vengeance est un sentiment qui doit vous être étranger, mais la haine ? Ne le niez pas : ce qui vous fait dépérir ainsi sans espoir, c'est de vous savoir enchaînée à jamais à un homme qui ne vous inspire que de l'aversion ; c'est que vous croyez qu'une misérable fortune a rendu le pauvre maître d'école ingrat et égoïste, et qu'il a accepté votre main par intérêt et par amour de lui-même. Valentin est cependant resté ce que le pauvre maître d'école était pour sa généreuse bienfaitrice : un homme

qui se reconnaît indigne de vous et qui donnerait volontiers sa vie pour vous épargner
un moment de chagrin. Ne secouez pas la tête,
Hélène... Qu'ai-je fait, depuis que le mariage
m'a donné sur vous des droits que le monde
considère comme sacrés ? Ne vous ai-je pas
respectée en tout, même dans l'éternelle tristesse qui vous fait mouri lentement sous mes
yeux ? Tous mes vœux, toutes mes pensées,
toute ma vie, ne tendent-ils pas à trouver
quelque chose qui vous puisse consoler et faire
revivre ? Au lieu de commander comme je le
pouvais, n'ai-je pas obéi au moindre regard
de vos yeux ? Est-ce la conduite d'un mari
égoïste, ou d'un esclave respectueux et dévoué ?

— Que vous êtes cruel pour moi, monsieur ! dit Hélène, d'un ton plaintif. Vous vous trompez, je ne vous hais point, je vous suis reconnaisante, sincèrement reconnaissante, je suis sensible à votre générosité... Mais, ayez pitié d'une pauvre femme dont la volonté est anéantie par ses nerfs.

— Sans doute, je suis cruel... en ce moment du moins, poursuivit Valentin; car je sais et je vois, Hélène, combien ma seule présence vous fait souffrir. Mais je ne puis plus reculer, je dois obéir à un inflexible devoir. Vous ne croyez pas que j'ai accepté votre main par pur dévouement. Voilà la source de votre aversion et de mon impuissance à lutter contre votre mal. Avouez-le, Hélène, vous pensez qu'un sentiment caché m'a aveuglé, n'est-ce pas? c'est là ce que votre cœur ne peut pardonner.

Elle fixa sur lui un regard étonné, comme si elle l'accusait de fausseté ou de dissimulation.

— Ah! Hélène, dit-il avec un accent de désespoir, je ne puis nier ce que j'ai osé vous dire moi-même un jour, une seule fois. Mais, s'il en est ainsi, l'amour qui grandit dans notre cœur, à notre insu, est-il un si grand crime, qu'il doive être expié par la mort de deux personnes?

— De deux personnes? répéta Hélène.

— Comment en serait-il autrement? reprit Valentin, d'un ton tristement railleur. Je vous vois périr sous mes yeux; chaque jour, je mesure le progrès du mal terrible qui doit vous emporter. Cette affreuse certitude, mon impuissance à vous sauver, à chasser l'horrible spectre qui se tient à vos côtés ; la tombe béante sous vos pas ; cette perpétuelle terreur, ces rêves affreux dans des nuits sans sommeil... Ah! si vous regardiez d'un œil attentif le malheureux objet de votre aversion, vous remarqueriez que ses cheveux ont grisonné et que l'inquiétude a creusé des rides profondes dans son visage amaigri.

Hélène, attendrie par le son de sa voix et effrayée par ses paroles, le regarda. Elle leva vers lui ses mains suppliantes, et soupira :

— Pitié! pardon! ne devenez pas malade : je vous en supplie, n'ajoutez pas cette peine à mes souffrances.

— Merci, merci, Hélène, de cette bonne parole, s'écria Valentin, dans les yeux duquel le bonheur alluma une étincelle. Je me serais trompé? Ciel! si je pouvais l'espérer. Vous ne me haïssez pas assez pour me laisser mourir sans compassion. Mais quelle est donc l'impénétrable cause de votre dépérissement?... Non, Hélène, soyez forte, maîtrisez vos nerfs. « Ne devenez pas malade, » avez-vous dit. Il faut si peu de chose pour me guérir ; un sourire de vos lèvres, non pas un sourire à mon adresse, mais un simple signe de courage, serait pour mon cœur un baume bienfaisant, une source d'espoir, une lumière salutaire. Mes paroles vous agitent. Je parle trop haut, n'est-ce pas ? Je me tairai ; je vous laisserai reposer un peu.

La malade avait courbé la tête plus profondément encore. De temps en temps, des frissons presque imperceptibles parcouraient ses membres.

Valentin épiait ces signes menaçants avec une attention inquiète. Lorsqu'il pensa qu'elle était redevenue plus calme, il reprit :

— Ne craignez rien, Hélène, je ne veux rien demander pour moi-même. S'il le faut, je vous épargnerai religieusement le désagrément de ma présence. Pour toute récompense, je ne vous demande qu'une promesse.

— Une promesse.

— Oui, Hélène. Si jusqu'à présent vous m'avez rencontré trop souvent sur vos pas, si j'ai paru vous chercher et vous suivre comme un espion, c'était parce que l'inquiétude et le chagrin de vous savoir malade et malheureuse ne me laissaient point de repos et me poussaient malgré moi aux lieux où j'espérais vous voir, ne fût-ce que de loin. Mais sortez de votre tristesse, consentez à vous distraire un peu, fuyez cet isolement perpétuel, et je me tiendrai éloigné de vous, et j'attendrai courageusement la nouvelle de votre rétablissement. Il ne fait pas encore bon dehors, mais dans la serre il y a tant et de si belles fleurs! Pourquoi ne vous promèneriez-vous pas un peu dans cette douce atmosphère, vous qui avez toujours aimé les beautés de la nature? Hélène, promettez-moi que vous l'essayerez. Je ne vous en demande pas davantage. Cela me rendrait si heureux! Puis-je espérer que vous ne me refuserez pas cette faveur?

— Vous désirez que j'aille dans la serre? dit la malade en hésitant.

— Je vous en conjure, Hélène, pour votre propre bien.

9

— J'irai, monsieur.

— Vous irez? s'écria Valentin, comme s'il ne pouvait croire à la sincérité de cette promesse.

— Oui, j'essayerai si mes nerfs peuvent le supporter.

— Quand, Hélène?

— Dès que je me sentirai assez forte.

— Cette semaine?

— Aujourd'hui si je puis.

— Il fait si beau ce matin! le soleil donne sur la serre, Hélène. Cette douce chaleur de printemps fait revivre.

— Eh bien, je vous prouverai que je suis de bonne volonté. Laissez-moi seule quelques instants. J'irai dans une demi-heure.

— Merci, merci. Dieu soit loué! murmura Valentin, qui s'empressa de sortir.

Il entra dans une autre pièce, souriant et tout ranimé, y prit un coussin de velours rouge sur un sofa, et le porta dans la serre, où il le déposa sur le banc sous le berceau de grenadille.

Alors il parcourut la serre en tous sens, et rassembla un grand nombre de fleurs devant le berceau. Il les rangea d'après leur taille, en assortissant les couleurs, et en forma une sorte d'amphithéâtre qu'Hélène pût embrasser d'un seul coup d'œil lorsqu'elle serait assise sur le banc. La sueur lui coulait du front. Il s'éloigna et contempla son ouvrage comme un artiste qui veut juger du mérite de son tableau.

Mais le pauvre Valentin était si heureux,

qu'il levait constamment les yeux au ciel pour remercier Dieu.

Après avoir contemplé son massif de fleurs une dernière fois, il fit un signe d'approbation et murmura en tirant sa montre :

— C'est bien ainsi, cela lui fera plaisir de voir toutes ces richesses réunies. Encore un quart d'heure. Ah! c'est comme un rêve. Me serais-je trompé, en effet? Elle ne me haïssait pas? Peut-être ce sentiment diminue-t-il en elle; peut-être le temps l'étouffera-t-il tout à fait. Non, pas trop d'espoir; la désillusion pourrait m'être mortelle. Mais, quoi qu'il en soit, acceptons la joie du moment. Puisse Hélène guérir de son mal!

Il jeta un coup d'œil sur le berceau; une nouvelle idée surgit dans son esprit. En mur-

murant des paroles joyeuses il courut deux fois au fond de la serre, et en rapporta deux grands mimosas, qu'il posa de chaque côté du berceau. Il était heureux, ses yeux étincelaient. En effet, les deux mimosas, avec leurs magnifiques fleurs, d'un jaune velouté, ne pouvaient manquer d'attirer l'attention d'Hélène, et peut-être de faire naître un sourire sur ses lèvres.

Il était encore occupé à ranger les deux caisses où croissaient les jeunes arbres, lorsque soudain la porte de la serre s'ouvrit, et Hélène entra.

Valentin, surpris avant l'heure fixée, se rappela les conditions qu'il avait mises lui-même à la promesse de sa femme. Il la salua sans rien dire et se disposait à sortir par une autre porte; mais à sa grande joie, un signe d'Hélène le retint.

La malade s'approcha du berceau et s'assit sur le coussin. Elle paraissait un peu ranimée ; du moins, lorsque ses yeux s'arrêtèrent sur le beau massif de fleurs, un sourire fugitif effleura ses lèvres.

— Vous permettez que je reste ici avec vous? murmura Valentin, à la fois étonné et craintif.

— Et qui me dirait les noms de toutes ces belles fleurs?

— Quoi ! vous voulez que je parle, que j'épanche tout l'enthousiasme que m'inspirent ces enfants de la nature que j'ai élevés, soignés, caressés, dans l'espoir, Hélène, que vous...

— Soyez calme, je vous en supplie,

monsieur. Dites-moi, sans agitation, quel est
le nom de ces jolies petites fleurs qui sont là,
au pied des azalées. Ce sont des bruyères
étrangères, n'est-ce pas?

— Oui, Hélène, ce sont des *erica* du cap
de Bonne-Espérance.

— Et cette singulière plante, là, près du
grand *camellia*, qui a des fleurs comme des
brosses rouges?

— C'est le *callistoma* de la Nouvelle-Hol-
lande. Remarquez, Hélène, la forme bizarre
de ses feuilles. Elles ressemblent à de petites
courroies d'une teinte vert fauve toute parti-
culière. Tel est l'aspect de presque toutes les
plantes de ce grand pays, et on peut les reconnaître à cela du premier coup d'œil. La nature y est étrange et puissante. Tout y a des

formes très-différentes de celles qu'affectent les animaux et les végétaux des autres parties du monde... Je vous fatigue, n'est-ce pas, Hélène?

— Non, tant que vous restez calme et ne parlez pas trop haut, répondit-elle, je puis suivre vos explications sans sentir mes nerfs.

— J'attendrai quelques instants.

— Ce n'est pas nécessaire. Au contraire, ce que vous me dites me fait beaucoup de plaisir. Cela me rappelle des jours plus gais et plus beaux. N'attendez pas ma réplique ; parler m'est pénible. Dites-moi tout ce que vous savez sur les belles fleurs qui sont là devant moi, luttant entre elles de beauté. Je vous en prie, Valentin, continuez.

« Valentin ! Valentin ! » avait-elle dit pour

la première fois depuis son mariage d'un ton agréable. Elle allait peut-être oublier pour toujours le mot glacial de *monsieur*.

Heureux et plein d'espoir, Valentin la regarda sans mot dire ; mais la désillusion ne se fit pas attendre.

— Eh bien, Valentin, j'écoute, dit Hélène.

Alors, il se mit à parler avec une imprudente animation de la nature des plantes, de leur patrie, de leur utilité, de leurs vertus, de leur culture et de leur beauté. Au commencement, comme ses explications ne portaient que sur les fleurs, tout alla bien et un faible sourire d'Hélène l'avait même récompensé de ses peines. Bientôt il commença à mêler à ses explications des choses qui firent une impression défavorable sur les nerfs de

sa femme, sans qu'il y prît garde, aveuglé
qu'il était par sa joie. Ses idées et ses espé-
rances l'emportèrent dans l'avenir, il prédit à
Hélène sa prochaine guérison, parla de promenades dans les champs avec lui, en voiture
découverte, de promenades dans les bois. Le
printemps allait venir, les arbres déployer leur
verdure, les oiseaux recommencer leurs chansons et construire leurs nids ; Hélène recon-
naîtrait son dévouement, lui pardonnerait, deviendrait son amie, et la vie, qui jusqu'à présent
avait été pour tous deux une nuit ténébreuse,
deviendrait un paradis de bonheur et peut-être
d'amour.

A peine avait-il prononcé ces derniers mots,
qu'il poussa un cri d'angoisse; Hélène semblait en proie à une violente attaque de nerfs;

ses bras tremblaient comme des roseaux ; ses
regards exprimaient une étrange inquiétude.

— O ciel ! ma chère Hélène, qu'avez-vous ?
s'écria Valentin pâle comme un mort.

— Taisez-vous, je vous en supplie, monsieur,
j'ai trop présumé de mes forces. Cet air m'é-
touffe.

Elle voulut se lever, mais l'agitation exces-
sive de ses nerfs rendit ce mouvement difficile.
Valentin s'élança pour l'aider, lui passa les
bras autour de la taille et voulut la soulever ;
mais, comme si ce contact la brûlait, elle se
leva, jetant un cri perçant, et courut vers la
porte de la serre.

Avant de l'atteindre, elle s'arrêta encore
en chancelant et se mit à tousser péniblement.
On eût dit qu'elle avait la poitrine attaquée.

Valentin avait suivi sa femme de loin ; mais cette toux sèche et creuse le cloua à sa place, et le fit trembler plus fort encore que sa femme. C'était la première fois qu'il l'entendait tousser ainsi. Hélas ! la phthisie envahissait ses poumons. Elle était condamnée.

Quand elle eut disparu, il demeura longtemps immobile, les cheveux hérissés et les yeux fixés sur la porte. Enfin il sortit à son tour et se laissa tomber sur un siége, la tête dans les mains.

Il y avait une demi-heure qu'il était assis ainsi, lorsqu'il entendit des voix dans le vestibule.

Valentin se disposait à s'éloigner pour ne pas être dérangé par quelque voisin, mais la porte s'ouvrit et madame Minnens entra.

— Qu'y a-t-il, mon gendre? demanda-t-elle d'un air surpris. Vous avez pleuré? Pourtant, la servante me dit que sa maîtresse va beaucoup mieux depuis quelques jours.

— Je l'ai cru aussi, ma mère, répondit-il, mais nous nous sommes laissé abuser par une apparence trompeuse; Hélène est encore très-malade.

— Je n'en doute pas, Valentin. Elle ne peut pas guérir tout à fait en quelques jours ; mais si, au lieu de pleurer avec découragement, vous faisiez quelque chose pour la récréer?

— Ah ! si vous saviez tout ce que j'ai tenté !

— Oui, en silence, sans oser le lui dire. Ce n'est pas cela qu'il faut faire. Mon mari ne se trompe pas. Il est souvent grossier et malhonnête, mais il voit juste. Il ne faut pas satis-

faire dans tous ses caprices une femme qui
souffre d'une maladie nerveuse et qui veut
toujours être seule. Si, dès le principe, vous
aviez montré du courage et parlé avec l'autorité qui vous appartient, son mal serait probablement guéri depuis longtemps.

—C'est possible, ma mère, dit-il en versant
de nouvelles larmes; mais, quoi qu'il arrive,
vous n'aurez pas à me reprocher d'autre tort
qu'un excès d'amour et de respect pour votre
enfant.

— Je le sais, Valentin, et je connais la no-
blesse de votre cœur. Ce qui vous manque,
c'est la confiance en vous-même. Si vous l'ai-
miez et respectiez moins, ce serait heureux
pour vous et pour elle dans la conjoncture
présente. Il n'est pas trop tard; les maladies

nerveuses chez les femmes ne sont jamais incurables. Je suis venue pour tenter un essai. Venez avec moi près d'Hélène? Nous lui parlerons sérieusement de sa maladie et lui ferons comprendre que cela ne peut pas durer ainsi.

— Que j'aille auprès d'Hélène? Impossible! ma présence agiterait tellement ses nerfs qu'elle serait incapable de causer avec vous.

— Mais je ne vous comprends pas. Vous ne voulez donc rien essayer? Osez lui parler hardiment, et vous verrez.

— Je lui ai parlé ce matin hardiment et à cœur ouvert. Elle s'est même fait violence pour triompher de son aversion pour moi, la pauvre victime! Elle a été bonne et amicale;

elle est même venue avec moi dans la serre, et la vue de ses fleurs lui a fait plaisir.

— Ah! vous me réjouissez! C'est un signe infaillible qu'elle guérira.

— Non, c'est une apparence trompeuse. Elle fut bientôt à bout de ses forces. Ma présence produisit son effet accoutumé. Ses nerfs furent plus forts que sa volonté; elle s'enfuit avec effroi et s'enferma chez elle.

— Et vous l'avez suivie?

— Non.

— Il fallait la suivre, lutter contre son mal, l'empêcher de retomber dans ses idées sombres.

— Inutile! c'est fini; tout espoir est mort en moi. Pourquoi? Je ne puis, je ne dois pas le dire à sa mère; mais je suis convaincu que ce serait une coupable cruauté de la faire souffrir encore.

— Imagination, chimère! dit la mère avec impatience. Je vais auprès de ma fille. Ce que vous n'osez pas essayer, je l'accomplirai, je l'espère du moins. En attendant, tâchez de vous remettre un peu, Valentin, et effacez les traces de vos pleurs ; car on ne doit aborder les malades de son espèce qu'avec un visage souriant : tenez-vous prêt à vous rendre auprès d'Hélène.

Elle vous fera probablement appeler elle-même.

Valentin la regarda sortir, et murmura en levant les yeux au ciel.

— Pauvre mère! elle aussi est déçue par une espérance menteuse. Oh! cette toux, cette toux sèche, c'est la voix de la mort qui monte de ses poumons.

Madame Minnens trouva sa fille étendue dans un fauteuil près de la fenêtre.

— Bonjour, mon enfant, cria-t-elle de loin; tu dois être contente de me voir, car il y a déjà quelque temps que je ne suis venue au château.

Dès qu'Hélène reconnut la voix de sa mère, elle se leva, vint au devant d'elle et l'embrassa.

— Merci, chère mère, de ta bonne visite, dit-elle : je prêtais l'oreille du matin au soir, espérant t'entendre venir. Mais, hélas ! que de fois j'ai été déçue !

— Et comment te portes-tu, Hélène ? On m'a dit que tu paraissais beaucoup mieux depuis quelques jours. Cela m'a fait plaisir. M'a-t-on trompée? Tu as l'air bien triste.

— Non, mère, depuis quelques jours, en effet, je me sentais plus forte et l'esprit plus léger ; mais, hélas ! c'est inexplicable, c'est fatal : quand j'entends sa voix, quand je vois ses yeux étincelants fixés sur moi, il me semble qu'un orage s'élève en moi et qu'une terreur secrète glace mon sang dans mes veines.

— Viens, Hélène, dit madame Minnens en la ramenant à son fauteuil ; asseyons-nous et réponds moi franchement. Ce sera moins inexplicable que tu ne crois. Ton père m'a envoyé vers toi avec une mission spéciale que j'ai promis de remplir. Je t'en supplie, n'essaye pas d'échapper à mes exhortations par des plaintes ou par des soupirs, car je ne reculerai pas, même devant des larmes.

Elle lui prit la main et dit :

—Hélène, tu es mariée. Au lieu de remplir tes devoirs d'épouse, comme tu l'as juré devant Dieu, tu rends ce pauvre Valentin malheureux si malheureux, que ses cheveux noirs ont grisonné... Ne te mets pas à pleurer, Hélène, cela ne m'empêchera pas de te dire toute la vérité. Valentin est la générosité même; la bonté de son cœur le rend peut-être faible, mais un ange ne montrerait pas plus de patience et de dévouement. Il devient malade de chagrin parce qu'il te voit souffrir; et toi, pour le récompenser, tu nourris contre lui une haine invincible. Et tu crois que Dieu ne te demandera pas compte d'une si cruelle injustice.

— Mère, mère, tais-toi, balbutia Hélène, je ne le hais point.

— Tu ne le hais point? répéta la mère étonnée. Et ta conduite depuis ton mariage atteste le contraire.

C'est possible; j'ai cru aussi que je le haïssais; mais, depuis huit jours, un rayon de lumière est descendu dans mon âme. Ce qui me fait trembler en sa présence, ce qui me le fait fuir, c'est un sentiment d'effroi insurmontable. La cause de cette peur, ne la devines-tu pas, mère?

—Ce sont des idées folles, Hélène. Tu dois les chasser.

— Et d'ailleurs, Valentin n'a-t-il pas été l'instrument de la cruelle contrainte que mon père a voulu exercer sur moi?

— Ah ! Hélène, tu sais bien que le seul but de Valentin était de t'épargner une vie malheureuse.

— Oui, je sais du moins que toi, ma mère, et peut-être aussi M. Stoop, vous l'avez cru. Mais Dieu m'a créée pour me dévouer, pour me sacrifier volontairement au bonheur et à la consolation des autres. Toute violence devait trouver ma nature rebelle, toute violence devait me briser. Juge, en outre, combien mon âme devait être aigrie et blessée, puisqu'on avait exercé sur moi la violence la plus grave qu'on peut infliger à une créature humaine, à une femme. J'ai cru longtemps que ce ressentiment était la seule chose qui m'éloignait ainsi de lui... Car, sois-en sûre, je ne le hais point. Sa bonté angélique, sa patience, les mille tentatives qu'il fait pour m'être agréable, tout cela ne me laisse pas insensible... Ah ! s'il devenait malade par ma faute ! Ses cheveux ont blanchi ! O Dieu ! Et je lui suis reconnaissante, et je voudrais le consoler, lui demander pardon, l'encourager... Mais il y a entre lui et moi un obstacle dont la seule pensée me bouleverse et me glace... Vois, mère, vois comme je tremble !

— Sois forte, Hélène, dit madame Minnens en serrant la main de sa fille avec joie ; quelles bonnes paroles tu viens de dire ! Si le pauvre Valentin avait pu t'entendre, il serait tombé à tes pieds pour te remercier.

— Et cela suffirait pour me remplir de crainte et me faire tomber dans une crise nerveuse, soupira Hélène.

— Si je ne savais le contraire, je croirais, Hélène, que ton esprit est dérangé ! murmura madame Minnens. La gratitude et l'amitié t'épouvantent. Que dirais-tu donc de l'inimitié, de la haine ?

— L'amitié, dis-tu, mère ? Ah ! s'il pouvait n'être que mon ami !

— Ton ami ? Mais il t'aime comme la lumière de ses yeux.

— Je le sais, et c'est là l'abîme qui me tient éloignée de lui.

— Ce sont là des idées maladives, mon enfant. Chasse ces folles rêveries. Une femme qui souhaite que son mari ne l'aime pas, est-ce que ce n'est pas absurde ?

— Hélas ! tu ne veux pas me comprendre, mère !

— Allons, Hélène, prends une bonne résolution. Tu es maintenant dans une disposition favorable. Viens avec moi trouver Valentin, et répète-lui tout ce que tu viens de me dire, pas autre chose, et il en sera fou de joie.

Elle s'était levée et voulait prendre le bras de sa fille pour l'emmener, mais Hélène résista.

— Non, mère, dit-elle, laisse-moi, je t'en prie. Tu désirais avoir l'explication de ma conduite envers lui. Pourquoi ne veux-tu donc pas écouter ni comprendre cette explication ?

— Eh bien, parle, mon enfant.

— Mère, l'amitié se contente d'une douce parole et elle n'exige pas davantage ; mais l'amour, où est la limite de ses exigences ?

— J'ai compris depuis longtemps, mais

10

c'est un enfantillage auquel je ne veux pas m'arrêter ; tu es mariée et tu as des devoirs à remplir. Puisque tu refuses de me suivre auprès de Valentin, je vais lui dire que tu le pries de venir près de toi.

— Oh! épargne-moi, mère, je t'en supplie. Je crois également que je finirai par surmonter ma crainte ; mais donne-moi un peu de temps.

— Non, non, s'écria madame Minnens en riant ; il faut battre le fer pendant qu'il est chaud. Ne t'écoute pas ainsi, Hélène cela te rend faible et irrésolue. Laisse-moi faire ; avant que je retourne à la maison, tout sera fini, et je pourrai annoncer à ton père, à sa grande joie, que toi et Valentin, vous êtes devenus les gens les plus heureux du monde.

Hélène sauta au cou de sa mère et essaya de la retenir.

— Aie pitié, sois miséricordieuse, dit-elle en sanglotant. Vois comme mes nerfs s'agitent. Demain, demain.

— Non, aujourd'hni, mon enfant, répondit madame Minnens ; je veux porter de bonnes nouvelles à la maison. Avant une demi-heure, vous aurez échangé le baiser de la paix et de la réconciliation définitives.

Elle dètacha avec effort les mains d'Hélène de ses épaules et courut vers la porte.

— Mère ! mère ! ne me fais pas mourir, cria Hélène. O mon Dieu ! elle ne m'entend pas !

Et elle s'enfuit en frémissant par une autre porte.

On entendit plusieurs portes se fermer violemment derrière elle, puis tout rentra dans le silence, comme si le château était inhabité.

VII

Il était de grand matin ; le soleil devait être levé depuis une demi-heure ; mais sa lumière, encore faible, indiquait qu'il n'avait pas eu le temps de s'élever au-dessus des brouillards de la nuit.

Valentin était assis dans une pièce du château, devant une table couverte de registres et de papiers ; une lampe éteinte attestait qu'il avait veillé une partie de la nuit. Cette pièce était sans doute son cabinet d'étude. Un des pans de mur était caché par sa bibliothèque. De l'autre côté, un grand bureau avec pupitre, au pied duquel on voyait un pesant coffre-fort en fer; un peu plus loin, dans un coin, il y avait une assez grande malle de voyage, sur laquelle on avait attaché avec des courroies un paletot d'hiver et un parapluie dans un étui de cuir.

Valentin travailla encore quelque temps avec attention, il avait étendu sur sa table, ou rangé en petits tas, une grande quantité de papiers sur lesquels on voyait des caractères de couleur. C'était des actions d'entreprises industrielles ou des titres d'emprunts d'État, à côté de billets de banque, et il était sans doute occupé à en faire un bordereau, car il écrivait sur une liste les numéros et la valeur de chaque pièce. Enfin il additionna

10.

le tout, écrivit le total sous sa liste, ramassa les papiers, en fit un paquet et murmura :

— De cette façon, elle aura au premier coup d'œil une connaissance complète de ses affaires. Cela lui épargnera toute difficulté.

Il se leva, s'approcha du coffre-fort et plaça soigneusement les valeurs dans un des coins. Puis il prit quatre ou cinq billets de banque de mille francs, et se disposa à les enfermer dans un portefeuille de cuir qu'il tira de sa poche à cet effet ; mais il demeura immobile pour mieux réfléchir. Il secoua la tête en signe de dénégation, laissa tomber deux des billets de banque dans le coffre-fort, puis, après une nouvelle hésitation, encore un troisième :

— Deux mille francs, se dit-il, c'est assez.

Cela me suffira. Ce que je prendrais de plus pourrait lui manquer ou la priver d'un plaisir.

Au moment de fermer le coffre-fort, il y jeta encore une fois un long regard, y prit une feuille de papier pliée, la déploya, la regarda avec une tristesse croissante, la remit à sa place et ferma le coffre dont il mit la clef dans sa poche. Puis il vint se rasseoir à sa table et laissa retomber sa tête dans les mains.

— Partir ! soupira-t-il, sans adieu ! Ne plus la voir, être mort pour elle et mort à toute espérance ! Ma pauvre âme lutte encore contre l'idée de cette éternelle séparation; mais le temps de la faiblesse est passé. J'aurai au moins le courage d'accomplir ce dernier et suprême sacrifice. Pauvre Hélène ! elle se fait violence pour me cacher son aversion. Hier soir, après le départ de sa mère, elle m'a demandé pardon, et a tenté de me faire croire que son mal diminue. Mais cette toux affreuse ! dix fois, cette nuit, elle m'a fait trembler. Non, non ; s'il reste encore un espoir, une chance de guérison, elle ne peut être que dans la suppression complète de la cause de son mal. Le lien qui l'étouffe doit être brisé. Il ne faut plus qu'elle me voie, le sentiment de la délivrance et de la liberté dilatera sa poitrine et rendra à son esprit un calme bienfaisant. Si Dieu a, pitié d'elle et permet qu'elle guérisse, elle vivra heureuse et paisible. Si le terrible mal est trop profondément enraciné dans ses poumons, et si elle doit... si elle doit mourir, du moins les derniers jours qui lui restent seront tranquilles.

Une larme brilla dans ses yeux, mais il l'essuya, surmonta sa douleur, et reprit le fil de ses réflexions.

— Mes cousins pourraient la troubler dans la paisible possession de mes biens. Puisque je serai mort pour tout le monde, ce testament que j'ai fait en sa faveur la préservera de tout trouble... L'Amérique est si grande! Je redeviendrai maître d'école, je mangerai un pain amer et peut-être languirai-je loin de ma chère patrie; mais je souffrirai pour elle, et cette idée me soutiendra. Ah ! si, contre toute attente, le ciel miséricordieux la laissait guérir! Je l'aurais donc sauvée, sauvée d'une mort affreuse... La quitter pour toujours, ne plus jamais la voir ! Mais quel espoir pour récompense !

Le son de la pendule retentit dans l'appartement.

Sept heures ! murmura Valentin. Elle ne peut pas encore être descendue. Encore une heure à attendre ! Pourvu que je puisse cacher mon émotion ! pourvu que ma voix et mon hésitation ne trahissent pas l'angoisse qui me déchirera le cœur au moment de la séparation ; mais je serai fort, la fatalité réclame ce sacrifice.

Il courba plus profondément la tête et s'abîma dans ses réflexions. Depuis longtemps il était immobile à la même place, lorsqu'il fut tiré de sa rêverie par une surprise mêlée d'effroi.

Sa femme était entrée dans son cabinet,

dans cette pièce où elle n'avait plus mis le
pied depuis le jour de son mariage ; elle était
debout auprès de lui, le regardait en souriant
doucement et lui dit :

— Vous êtes étonné, Valentin, de me voir
de si bonne heure, n'est-ce pas ! J'ai entendu
que vous étiez levé avant l'aube. J'ai craint
que vous ne fussiez indisposé, et, depuis qu'il
fait jour, je n'y tiens plus ! je ne saurais prendre de repos avant de m'être assurée par mes
yeux que ma crainte était vaine.

— Merci de votre bonté, Hélène, murmura
Valentin, vous vous êtes alarmée à tort. Si je
me suis levé un peu tôt, c'est parce que des
réflexions assez tristes ont troublé mon sommeil vers le matin. J'ai passé quelques heures
à lire.

Hélène prit un siége et s'assit en disant d'une voix amicale :

— Valentin, vous me permettez, n'est-ce pas, de me reposer un peu ici? Vous ne désirez pas que je quitte cette chambre ? Ma présence ne vous gêne pas.

— Ah ! Dieu ! Hélène, comment pouvez-vous parler ainsi, s'écria Valentin les yeux pleins de larmes. Vous voir, rien que vous voir est pour moi le suprême bonheur.

— Valentin, vous avez beaucoup écrit cette nuit, dit-elle sans répondre à son exclamation.

— Écrit ? Non.

— Et cependant, ces taches d'encre à vos doigts?

— Ah ! oui, en effet, balbutia-t-il, j'ai fait

quelques annotations dans notre livre de fermages. Je l'avais oublié.

— Vous avez beaucoup de chagrin ; je vous laisse souffrir, n'est-ce pas, Valentin, reprit-elle. Je vous en prie, pardonnez-le moi. Cette cruelle maladie me rend injuste envers vous ; mais je vous répète encore ce que je vous disais hier : je me sens beaucoup mieux ; je suis convaincue que, dans peu de temps, je serai tout à fait guérie. Prenez patience, mon ami. Je veux faire des efforts pour dompter mes nerfs ; dès que j'y serai parvenue, j'essayerai de reconnaître votre bonté pour moi, et, si je le puis, je vous ferai oublier le chagrin que je vous ai causé. Aujourd'hui, mes forces sont encore insuffisantes ; mes nerfs exigent encore du calme et de la prudence ; mais, plus tard, plus tard, je

11

l'espère du moins... Et vous, Valentin, je
vous en prie, espérez-le avec moi.

Tandis que sa femme lui parlait ainsi avec
une amitié véritable, Valentin la regardait
avec une joyeuse surprise. Partirait-il? Quitter
Hélène, maintenant que par ses prédictions
elle lui entr'ouvrait le ciel? Renoncer à l'heureuse vie qu'elle lui promettait? Mais une
autre idée assombrit bientôt son visage. N'est-
ce pas un des caractères distinctifs de cette
maladie, qu'à mesure que la mort approche,
les malades se croient plus près de leur guérison? Et cependant, s'il se trompait? Si, réellement Hélène pouvait encore guérir sans qu'il
eût besoin de lui dire un dernier adieu? Ne
pouvait-il pas retarder son départ de quelques
jours! Pourquoi devait-il entreprendre pré-

cisément ce jour-là son douloureux voyage!

Toutes ces idées traversaient avec la rapidité de l'éclair le cerveau du malheureux Valentin, ému et ravi comme il l'était par les paroles de sa femme. Il chancelait dans sa résolution et ne trouvait plus la force de répondre.

— Croyez-moi, Valentin, continua Hélène, mon plus grand désir est de ne plus vous causer de chagrin. Au contraire, si mes forces le permettent, je ferai tout ce qui pourra vous être agréable. J'irai ce matin dans la serre, pas longtemps, mais j'y retournerai. Vous me montrerez les fleurs, n'est-ce pas? Avec calme, sans agitation, pour quelque temps encore. Ainsi peu à peu je reprendrai mes forces, et quand le beau mois de mai fera tout reverdir au dehors, nous irons nous promener ensemble dans le parc et dans la campagne. Ma mère a raison, on doit lutter contre les idées folles, surtout lorsqu'elles vous rendent ingrat et vous font oublier vos devoirs.

Valentin, maîtrisant à peine son émotion, leva les mains au ciel pour lui rendre grâce ; mais ses bras retombèrent aussitôt, et il pâlit soudain en voyant sa femme prise d'un violent accès de toux.

Cet accès ne dura pas longtemps, mais la toux était sèche et creuse, comme si elle sortait de poumons entamés. Hélène remarqua le pénible effet que sa toux avait produit sur son mari.

Pour le tranquilliser, Hélène lui dit en souriant :

— Pauvre Valentin, vous êtes si effrayé de me voir malade, que la moindre aggravation de mon mal vous rend malheureux. Cette fois vous vous affligez à tort; avant-hier au soir, j'ai été longtemps assise devant ma fenêtre ouverte, et j'ai pris un froid; mais cela n'a aucune gravité; dans quelques jours, il n'en restera plus de trace.

— Oh ! je vous en conjure, Hélène, soyez prudente, dit Valentin : quand on est faible et maladive comme vous, on ne doit pas s'exposer au grand air. Il secoua tristement la tête, et reprit sur un autre ton :

— Hélène, voyez-vous cette malle toute prête? J'attendais que vous fussiez levée pour vous dire que je désire faire une excursion à Ostende.

— A Ostende? répéta Hélène étonnée.; à Ostende, en cette saison?

— Vous savez bien, Hélène, que mon unique ami, le bon et fidèle compagnon de mon enfance, demeure à Ostende. Hier au soir, je suis allé au *Lion rouge*, pour parler à l'aubergiste du fermage de notre prairie, j'y ai rencontré un marchand ambulant, qui m'a appris que mon ami est très-malade et garde le lit depuis deux semaines. Cette fâcheuse nouvelle m'a empêché de dormir, et j'ai résolu de partir pour Ostende... du moins, Hélène, si vous ne désapprouvez pas mon projet. Il serait cruel de savoir mon ami malade, mortellement malade, et de ne pas aller le voir.

— Certes, il faut aller à Ostende, répondit-elle ; les devoirs du cœur, de l'amitié, doivent être sacrés pour vous. Quand comptez-vous partir?

— Aussitôt que possible. Par la diligence qui traverse le village à neuf heures, sinon je pourrais manquer le train du chemin de fer.

— La diligence, Valentin? Prenez notre voiture, elle vous mènera plus rapidement et vous serez bien moins secoué.

— Non ; je préfère la diligence.

— Pourquoi? Depuis plusieurs mois les chevaux n'ont pas quitté l'écurie, cette petite course leur fera du bien.

— Mais si, pendant mon absence, vous vouliez sortir en voiture?

— Oh ! mes nerfs ne pourraient pas encore le supporter. Serez-vous longtemps absent, Valentin?

—Je n'en sais rien. Vous comprenez, Hélène, un ami malade... Peut-être que ma présence le consolera, l'encouragera... S'il me priait de rester quelques jours?...

— Il faut faire selon ses désirs, aussi long-temps que cela peut lui être utile, et vous, agréable à vous-même. Mais vous prenez la voiture, n'est-ce pas?

— C'est-à-dire, je préférerais...

Hélène se leva et tira le cordon de la sonnette.

— Que voulez-vous faire? demanda Valentin.

—Rien. Je ne veux pas vous laisser partir par cette vieille diligence.

Un domestique parut.

— Jean, attelez la voiture, dit-elle. Dans

un quart d'heure, il faut qu'elle soit devant la porte, prête à partir pour Courtrai.

Le domestique disparut.

— Non, plus d'observations, c'est bien ainsi, dit-elle à son mari. Votre voyage me réjouit, Valentin : depuis hier au soir, j'avais formé le projet de vous engager à faire, non pas une petite excursion comme celle-ci, mais un plus long voyage.

— Que voulez-vous dire ? Je ne comprends pas, bégaya Valentin surpris, et supposant que sa femme avait deviné sa secrète intention.

— Voyez-vous bien, Valentin, depuis quelques jours, il s'est fait un peu de lumière dans mon esprit, et cela m'a permis d'écouter la voix de ma conscience. Depuis des mois, vous

11.

avez usé votre vie dans la tristesse et la
solitude, à côté d'une femme malade qui vous
a mal récompensé de vos soins généreux.
Maintenant encore, elle ne se sent pas la force
de vous épargner tout chagrin... mais cela
viendra avec le temps, dans peu de temps
peut-être. J'ai pensé qu'en attendant vous
devriez faire un voyage à Paris, en Suisse, en
Italie, pour vous distraire et vous récréer
devant la belle nature du Midi. Vous ou-
blierez les maux soufferts en contemplant les
merveilles de ces contrées bénies, et, à votre
retour, je serai probablement assez bien
guérie pour que vous trouviez en moi l'amie et
l'épouse dévouée qui... jusqu'à présent vous
a... vous a manqué... Je tousse..., Ne faites
pas attention, Valentin... Mon rhume est

probablement plus fort que je ne croyais ; mais ne vous inquiétez pas... Eh bien, si vous suiviez mon conseil? Un voyage en Italie, la patrie des arts? Et vous qui connaissez et qui aimez les fleurs, quel plaisir vous auriez à voir grandir à l'état sauvage celles que nous devons élever ici et conserver sous verre !

Réellement, Valentin commençait à chanceler dans sa résolution, au point qu'il était disposé à renoncer à son voyage; mais la toux inquiétante de sa femme le décida.

Le domestique vint annoncer que la voiture était attelée. Hélène lui donna l'ordre d'y porter la malle de son maître.

— Eh bien, Valentin, dit-elle, tout est prêt. On ne doit pas retarder l'accomplissement d'une bonne résolution. Venez, je veux

vous voir partir. J'espère que cette petite absence vous fera du bien.

Il la suivit vers la porte extérieure. Chemin faisant, il lui dit encore :

— Mais, Hélène , il n'est pas absolument
nécessaire que je parte aujourd'hui. Mon ami
n'est pas en danger de mort. Demain, après-
demain, il sera encore temps.

— Ah! mon bon Valentin, répondit-elle
sans se retourner, le chagrin vous a aussi
rendu faible. Cette longue mélancolie brise
le courage et la volonté de l'homme, et le
fait tomber dans une incompréhensible irrésolution. J'en fais l'expérience par moi-même.
Je n'ai pas encore la force de faire ce qui est
mon devoir, ce que je désire faire, ce que je
reconnais bon et juste. Mais je suis femme et

je suis malade; vous, Valentin, vous êtes
homme, et vos nerfs ne sont pas malades ; vous
ne pouvez pas chanceler ainsi dans vos résolu-
tions. Votre unique ami est malade... S'il
allait mourir sans vous avoir vu, ne le regret-
teriez-vous pas amèrement ?

— En effet, murmura Valentin, il y a des
circonstances où la moindre hésitation peut
devenir une lâcheté. Il faut faire son devoir,
si pénible qu'il soit.

Dans le vestibule où attendait la voiture,
Hélène dit encore :

— Amusez-vous bien, Valentin. Essayez
du moins, si votre ami n'est pas trop malade ;
et, en même temps, pensez à votre voyage en
Suisse et en Italie. Dans tous les cas, quand
vous serez revenu d'Ostende, nous en recause-

rons, et je vous prouverai que je n'ai jamais eu une meilleure idée... Bon voyage, Valentin ! Vous semblez indécis ? M'auriez-vous, par hasard, caché la vérité ? Craignez-vous que votre ami...? Ces larmes dans vos yeux...

— Je crains... je n'en sais rien ; mais, comme vous dites, Hélène, je suis homme, et s'il allait mourir sans que j'eusse eu le courage de...

Il passa la main sur son front comme pour éclaircir ses idées, puis tira de sa poche une petite clef qu'il présenta à Hélène en disant :

— Ah ! j'oubliais de vous donner la clef du coffre-fort.

— Je n'en ai pas besoin, répondit-elle en regardant son mari avec une attention singulière.

— Si, Hélène ; à la fin de la semaine, le meunier viendra recevoir le prix de la terre qu'il nous a vendue. Si je n'étais pas revenu, payez-le et faites-lui signer une quittance, que vous trouverez toute préparée dans le coffre-fort. Près de cette quittance, il y a encore deux autres papiers que je vous prie de lire avec attention, un peu avant l'arrivée du meunier. Il est absolument nécessaire que vous ayez connaissance de ces deux papiers pour causer avec lui. Vous les lirez, vous les lirez, n'est-ce pas, Hélène ?

— Pourquoi craignez-vous que je refuse de satisfaire votre désir ? demanda Hélène, étonnée et inquiète de son insistance, et plus encore de son étrange agitation.

Sa voix était altérée, ses lèvres tremblaient,

et son visage était d'une pâleur extrême. Il sentait qu'il allait se trahir et que le courage allait lui manquer. Il prit la main de sa femme entre les siennes et lui dit avec une précipitation fiévreuse :

— Adieu ! Hélène, adieu ! Veillez sur votre santé et pensez quelquefois au pauvre et malheureux Valentin.

A ces mots, il s'élança dans la voiture et cria au cocher d'un ton bref :

— En avant !

Le cocher fouetta ses chevaux, qui partirent au grand trot, et en un instant la voiture disparut dans l'avenue des tilleuls, Hélène demeura longtemps immobile et pensive, les yeux fixés sur la grille par où la voiture était sortie.

— « Pensez quelquefois au pauvre et malheureux Valentin, » murmura-t-elle. Il a dit ces mots avec un accent si douloureux... Que craint-il ? Que mon mal ne s'aggrave pendant son absence ?

Elle rentra à pas lents et continua du même ton pensif :

— Malheureux, il l'est certainement. Je l'ai rendu malheureux, mais je veux réparer le mal que je lui ai fait. Dieu me prêtera la force, je le sens bien. C'est singulier, je n'ai pas senti la moindre agitation nerveuse en sa présence. Au contraire, s'il n'avait pas eu le projet d'aller voir son ami malade, il me semble que j'aurais volontiers passé toute la matinée auprès de lui. Il était également calme et tranquille. Son voyage à Ostende le remettra, à moins que son ami ne soit dangereusement malade ; à son retour, je me montrerai gaie et aimable.

Elle alla s'asseoir près de cette même fenêtre devant laquelle elle avait passé bien des jours dans des songeries désespérées depuis son mariage. Mais son esprit était agité par des pensées inquiètes, car elle se leva presque immédiatement et répéta encore :

— « Pensez quelquefois au pauvre Valentin. » Une crainte étrange me saisit. Pourquoi a-t-il insisté plusieurs fois pour me faire lire les papiers du coffre-fort ? Sa voix était si étrange ! Il paraissait me supplier de ne pas négliger cette lecture. Que peuvent contenir ces papiers ? Des explications sur l'achat de la terre du meunier ? Quelles explications ? Je ne sais ; il y a là dedans quelque chose qui m'inquiète, à tort, peut-être ; cependant, je n'aurai pas de repos avant de savoir ce qu'il voulait dire.

En achevant ces mots, elle monta et entra dans la chambre de son mari. Elle mit la clef dans la serrure du coffre-fort, l'ouvrit, et aperçut sur les autres liasses deux papiers pliés qui paraissaient placés là tout exprès pour attirer son attention.

Elle prit le premier papier, qui avait l'air d'une lettre, et le déplia. Elle le parcourut lentement, sans agitation apparente ; puis elle pâlit, poussa un cri perçant, et se laissa tomber sur une chaise en tremblant de tous ses membres. Sa poitrine haletait ; une image lui troublait la vue et elle sentait que ses forces allaient l'abandonner. Elle lutta contre cette

faiblesse, essaya d'appeler au secours, mais
la voix lui manqua. Alors, elle fit un effort
suprême, courut en chancelant jusqu'à l'angle
de l'appartement, et tira le cordon de la sonnette.

Une servante accourut.

— Marie, lui dit-elle en cachant autant
que possible son agitation, courez au *Lion
d'or*, au *Cygne*, pour avoir une voiture, un
cheval, deux chevaux, de bons chevaux.....
Vite, vite, je vous en prie! je vous récompenserai bien.

— Madame, répondit la servante, il est pro-
bable que je ne trouverai plus de voiture dans
tout le village. C'est aujourd'hui lundi, tout le
monde est au marché de Courtrai.

— Allez chez le notaire.

— La femme du notaire et ses deux filles sont parties tout à l'heure en voiture, pour aller au service du fermier Roecks, à Hautbois.

— Chez le baron, alors ! Allez, Marie, courez, courez partout, offrez de l'argent, beaucoup d'argent... Il faut que j'aille à Courtrai tout de suite, sans retard. Allez, allez, Marie. J'attends avec une impatience fiévreuse.

Elle alla se rasseoir, posa sa tête sur la table et se mit à pleurer abondamment.

Lorsqu'elle eut dégonflé son cœur à force de pleurer, elle essaya de lire à travers ses larmes ce que son mari lui écrivait. Voici ce que contenait la lettre :

« Hélène,

» J'ai accepté votre main par pur dévouement; vous avez cru que j'étais poussé par un autre sentiment, et vous m'avez haï. Si cette erreur de votre esprit m'avait rendu seul malheureux, j'aurais supporté mon triste sort en silence et sans me plaindre; mais vous en êtes devenue malade, et j'ai suivi pas à pas, le cœur torturé, avec une terreur croissante, le mal qui minait vos forces et me faisait craindre un coup mortel.

» Car, Hélène, maintenant j'ose vous le dire, je vous aimais d'un amour si pur, si désintéressé, que ce sentiment d'adoration pour une créature humaine devait paraître coupable aux yeux de Dieu. Je savais cependant que ma présence était la seule cause de votre langueur et pouvait vous mener au tombeau; mais je suis faible, je le reconnais; du moins,

cet amour sans bornes que j'ai pour vous
m'avait ôté toute mon énergie.

» Longtemps j'ai prié le ciel de m'éclairer,
je me suis creusé la tête pour trouver quelque
chose qui pût contribuer à votre guérison.
Vous savez ce que j'ai essayé et ce que j'ai
fait. Tout a été inutile, parce que le poignard
qui vous a percé le cœur est resté dans la
plaie. Ce poignard était ma présence... Je
vous demande pardon, Hélène, de ne pas
l'avoir reconnu plus tôt, pardon pour ma
faiblesse et pour l'amour qui m'obscurcissait
l'esprit. Il n'y a qu'un moyen de vous rendre
la santé et la paix du cœur, ce moyen, je
vais vous le révéler. Je pars pour Ostende,
puis pour l'Angleterre et, de là, pour les
pays inconnus de l'immense Amérique... »

Elle interrompit sa lecture et se leva avec angoisse.

La servante montait l'escalier. Il y aurait peut-être moyen de rattraper Valentin avant qu'il fût à Courtrai ; sinon, elle suivrait son époux jusqu'à Ostende, jusqu'en Angleterre. Elle le ramènerait en triomphe, lui demanderait pardon, l'embrasserait et lui montrerait, par les témoignages d'affection les plus ardents, qu'il s'était trompé. Elle le rendrait heureux enfin, car maintenant elle comprenait quel noble et généreux cœur elle avait méconnu.

La servante entra et dit :

— Madame, il n'y a pas de voiture à espérer. Le baron est également parti pour Courtrai. Il n'y a au château que des domestiques, et ils n'osent pas vous rendre le service que vous demandez.

— O Dieu! prenez pitié de moi! s'écria Hélène avec désespoir. Pas de voiture? Vous me faites mourir, Marie.

— Madame, reprit la servante, l'aubergiste du *Cygne* dit qu'il y a une voiture à vendre chez M. Rosseels, et qu'il la louera peut-être. Il y a encore un bon cheval dans l'écurie du *Cygne*.

— Mais, malheureuse, courez chez M. Rosseels, dites-lui que j'achète sa voiture. Vite, vite!

La servante disparut. Hélène, après avoir exhalé un instant sa douleur en plaintes amères, reprit la lecture de la lettre de son mari.

« Oui, Hélène, quand cet écrit vous apportera mon dernier adieu, je serai déjà sur

12

l'Océan. Considérez-moi comme mort pour
vous et pour le monde entier. Soyez libre et
jouissez en paix de la vie que Dieu vous rendra.
Ne m'accusez pas d'insensibilité. Vous quitter,
me séparer de vous pour toujours, ne plus
vous voir, c'est une nuit éternelle, un enfer
de souffrances que j'accepte pour ma pauvre
âme. Croyez, au contraire, je vous en supplie,
que ce départ est le sacrifice le plus pénible
qu'on pouvait exiger d'un homme sensible tel
que moi. Si je n'étais pas soutenu par l'idée
que ma résolution amènera votre guérison, si
ce n'était pas pour vous que je me condamne
à cet horrible sort, je succomberais avant que
mon pied eût touché le sol américain. Mais
penser à vous, prier Dieu pour qu'il vous rende
la santé et la joie du cœur, vous voir et vous

suivre avec les yeux de mon âme, telle sera désormais ma vie... Et, loin de vous, dans un autre monde, je vous aimerai encore avec la même sincérité, jusqu'à ce que la tombe se ferme sur la pauvre victime d'un dévouement méconnu et d'un amour malheureux.

» Je vous laisse tous mes biens, et vous demande comme un dernier bienfait d'en disposer librement et selon votre bon plaisir. Si quelqu'un voulait vous inquiéter à ce sujet, le testament que j'ai déposé dans le coffre-fort vous garantira contre toute difficulté.

» Adieu, Hélène, pardonnez-moi tout le mal que je vous ai fait involontairement. Adieu, adieu.

» VALENTIN STOOP. »

Arrivée à la fin de cette lettre, elle pouvait à peine distinguer les mots, tant ses larmes coulaient en abondance.

Hélène se leva et ouvrit le coffre-fort en s'adressant mille reproches amers. Elle prit le second papier et lut sur l'enveloppe : *Ceci est mon testament...* Un cri perçant souleva sa poitrine oppressée ; elle courut, les bras levés au ciel, jusqu'au milieu de la chambre et tomba à genoux.

—Dieu, Dieu miséricordieux, s'écria-t-elle, prenez pitié de moi ! Son testament ? Il serait mort pour moi ? Non, non, ne me punissez pas si cruellement dans votre courroux ! Prêtez-moi votre secours, que je puisse le revoir ; je l'honorerai, je l'aimerai ; je serai pour lui une compagne dévouée et reconnais-

sante. Oui, oui, je tiendrai le serment que
j'ai fait devant votre autel... Hélas! hélas!
trop tard! trop tard!

. . . .

Lorsque Valentin, après sa douloureuse
séparation, avait commencé le voyage qui
devait l'éloigner pour toujours de tout ce qu'il
aimait — de sa femme et de sa patrie, — il
s'était senti un instant écrasé sous un
désespoir sans bornes. Bientôt cependant la
conviction qu'il remplissait un devoir sacré
lui avait rendu un peu de force, et il reprit
assez d'empire sur lui-même pour comprimer
les larmes qui lui montaient aux yeux. Le cocher pouvait voir dans la voiture, et Valentin
ne voulait pas donner à son cocher des raisons
de s'étonner de l'attitude de son maître. Dans

12.

son affliction profonde, il se réjouit un peu
de voir que les chevaux couraient avec une
rapidité extrême. Il n'y avait plus à revenir
sur sa détermination, toute hésitation était
devenue impossible, et il sentait que la force
et le courage lui reviendraient à mesure qu'il
s'éloignerait davantage d'Hélène.

A peine avait-il dépassé le village, qu'il sentit
la voiture s'arrêter. Il s'imagina qu'il était
arrivé quelque accident à la voiture ou aux
chevaux. Mais, avant qu'il eût le temps d'in-
terroger le cocher, la portière de la voiture
s'ouvrit et le notaire monta sans façon, s'assit
à côté de Valentin, et lui dit, tandis que les
chevaux reprenaient leur course :

— Vous permettez, n'est-ce pas, monsieur
Stoop? Entre amis, on n'a pas besoin de

demander. Vous allez à Courtrai? J'y vais également. Mon intention était de prendre la diligence ; comme le temps est assez beau, j'étais
venu l'attendre sur la chaussée ; mais, puisque l'occasion se présente de voyager en com-
pagnie d'un ami, j'aime beaucoup mieux cela
que de me laisser disloquer les membres dans
ce vieux corbillard. Votre voiture est douce,
monsieur Stoop. Mais pourquoi le cocher
pousse-t-il si follement les chevaux? Il pourrait nous casser bras et jambes et la voiture
avec nous. Rien ne brûle, n'est-ce pas?

Le notaire était un petit homme, gros et
court, aux joues couleur lie de vin, à la phy-
sionomie ouverte et joviale. Contrairement à
l'habitude de la plupart de ses confrères, c'é-
tait un intarissable bavard, car il avait parlé

avec volubilité, sans même remarquer que M. Stoop n'écoutait pas ce qu'il disait et paraissait absorbé dans de tout autres idées.

Si le notaire y avait fait la moindre attention, il ne lui eût pas été difficile de deviner que son arrivée était fort désagréable au propriétaire de la voiture. Cependant il remarqua la distraction profonde de Valentin.

— Vous avez du chagrin, n'est-ce pas, mon bon monsieur Stoop? demanda-t-il. Votre femme est-elle toujours aussi malade? Il ne faut pas perdre courage pour cela. L'été va venir... Ce cocher nous jettera positivement contre les arbres !... Vous paraissez indisposé, monsieur Stoop...

Laisser plus longtemps le notaire sans

réponse était impossible, Valentin répondit d'un air contrarié :

— Je ne suis pas indisposé, cher monsieur, mais je n'ai pas bien dormi... Est-il arrivé quelque accident à votre cheval ou à votre voiture?

— Nullement, s'écria le notaire, ils se portent parfaitement l'un et l'autre. Mais ma femme et mes filles s'en sont emparées pour aller aux funérailles du fermier Roecks, un cousin éloigné de ma femme. Elles sont allées là, non par intérêt pour le défunt, mais parce qu'il y aura beaucoup de monde. Et voilà comme le notaire doit aller à pied, se faire cahoter dans ces affreuses patraques qu'on appelle des diligences, sans doute par ironie !

Après un moment de silence, il reprit :

— L'histoire du fermier Roecks est assez singulière. Vous devez l'avoir connu ; il venait souvent chez votre beau-père, avec qui il faisait des affaires. Ne le connaissiez-vous pas ?

— Je ne l'ai jamais vu.

—En effet, il n'y a pas longtemps que vous êtes dans le pays, et vous vivez très-retiré. Tant mieux, cela me fournit l'occasion de vous raconter cette histoire. Cela abrégera le voyage, et, comme vous êtes de mauvaise humeur et n'avez pas envie de causer, je parlerai tout seul, ne fût-ce que pour m'amuser moi-même... Ce damné cocher !...

Sans en demander la permission, il descendit une des glaces de la voiture et cria :

—Que diable! Jean, est-ce là trotter comme un homme qui a l'esprit sain? On ne peut pas dire un mot ici dedans sans s'égosiller à crier. Modérez votre allure, nous avons tout le temps.

Le cocher obéit, et le notaire, remontant la glace, dit à Valentin :

— Ce fermier Roecks était un être orgueilleux, avare et si grossier, qu'on l'avait surnommé le porc-épic. Il occupait depuis de longues années une des plus belles et des meilleures fermes du canton. Un jour, il reçoit une lettre par laquelle le propriétaire lui apprend son intention de vendre la ferme et le prie de la montrer avec les terres qui l'environnent aux amateurs qui se présenteraient. Cette nouvelle transporta Roecks de fureur; pendant quinze

jours sa maison fut un véritable enfer; ses
domestiques ne savaient à quel diable se vouer.
A force d'y réfléchir, il s'avisa d'un moyen qui
lui paraissait infaillible. Ce fut de déprécier
la ferme autant que possible, de représenter
les terres comme étant de mauvaise qualité.
Vous allez voir comment cela lui réussit.
Une après-midi, une voiture de louage s'arrêta
dans la cour de la ferme, un vieux monsieur
en descendit, qui le pria de lui montrer la
propriété. Il y consentit de mauvaise grâce,
grognant contre tous ces visiteurs importuns
qui lui faisaient perdre son temps, et conduisit l'étranger au pas de course à travers les
champs et les prairies qui faisaient partie de
son exploitation, sans lui laisser le temps de
rien examiner. Chemin faisant, il dénigrait

toute la culture: les terres étaient mauvaises, les prairies trop sèches ou trop humides; il fallait travailler comme un esclave pour gagner de misérables récoltes. Le vieillard, tout en sueur, faisait de temps à autre quelques observations, mais Roecks y répondait d'une façon si malhonnête, qu'il lui ferma la bouche. Alors l'étranger lui dit qu'il ne le retiendrait pas plus longtemps et qu'il resterait jusqu'au lendemain pour tout voir à son aise.

» — Votre propriétaire, ajouta-t-il, m'a assuré que vous me prêteriez volontiers un lit pour une nuit. D'ailleurs, je vous récompenserai bien.

» Roecks répondit brutalement qu'il n'avait pas de lit disponible, que tous ses domestiques étaient aux champs et qu'il ne pouvait

13

lui offrir qu'un plat de pommes de terre. Le
vieux monsieur s'éloigna mécontent, et Roecks,
en le voyant partir, se frotta les mains d'un
air de triomphe. Le visiteur retourna du côté
des champs et rencontra un peu plus loin un
vieux paysan qui travaillait courageusement
au milieu de ses enfants. Il lui demanda
quelques renseignements, et le vieux paysan
les lui donna avec tant de complaisance, que
l'étranger, charmé, accepta le souper qui lui
était offert avec une si franche hospitalité,
puis il retourna à Courtrai. Un mois se passa.
Le fermier Roecks n'avait plus vu d'amateurs, ni rien appris de la vente de la ferme.
Tout à coup une voiture s'arrêta encore dans
sa cour et le même vieux monsieur en descendit.

» — Encore vous ! dit Roecks d'un air rogue ; qu'est-ce que cela signifie ?

» — Cela signifie, dit l'étranger en prenant une chaise et en s'asseyant avec un sans-gêne qui stupéfia le fermier, cela signifie que l'homme que vous avez si mal reçu, il y a un mois est aujourd'hui propriétaire de la ferme et de tous les biens que vous cultivez.

» — Vous ?

» — Moi-même ; j'ai acheté le tout. Je suis M. Favrel, de Gand.

» — Le riche Favrel, le millionnaire ?

» — Justement. Tout cela m'appartient, et comme je ne veux pas avoir pour locataire un homme aussi grossier, aussi mal élevé, aussi brutal que vous, vous quitterez la ferme dans un an, à l'expiration de votre bail.

» Roecks, comme frappé de la foudre, essaya d'abord de faire accroire à M. Favrel qu'il avait fait un mauvais marché, que les terres étaient de qualité inférieure ; puis, changeant de tactique, il offrit d'augmenter le prix de son fermage, et s'excusa, puis supplia, mais en vain ; M. Favrel fut inflexible : il avait déjà loué la ferme au brave Zoons, le même qui l'avait reçu avec tant de cordialité, et si Roecks ne partait pas volontairement, il le ferait expulser par les gens de loi. Ceci se passa ainsi, monsieur Stoop ; Zoons succéda à Roecks dans la ferme de M. Favrel, et Roecks, bien qu'il ait eu la chance de trouver immédiatement une autre exploitation, en conçut un dépit et une colère si grande, qu'il mourut d'un épanchement de la bile. On l'enterre aujourd'hui. Que pensez vous de cette histoire? C'est une bonne leçon, n'est-ce pas? »

Il se tut un instant, espérant que Valentin ferait quelques observations; mais celui-ci resta absorbé dans ses réflexions.

— Eh bien, que pensez-vous de mon histoire? répéta le notaire. La punition est dure, j'en conviens; mais ne serait-il pas à désirer que, de temps en temps, la grossièreté des paysans reçût quelques leçons?

— Oui, oui, sans doute, ce serait à désirer, dit Valentin, s'éveillant enfin de ses méditations. Mais pardonnez-moi ma distraction, j'ai d'autres choses en tête, et je voulais vous poser une question. Puisque vous êtes notaire, personne mieux que vous ne peut me dire ce que je désire savoir.

— Tout à votre service, monsieur Stoop ;
j'écoute.

Valentin, qui avait repris toute la lucidité
de son esprit, continua :

— J'ai un ami qu'il est inutile de vous
nommer. C'est un singulier personnage, une
espèce de misanthrope. Il vit de ses rentes et
demeure seul avec une de ses sœurs. Il a aussi
deux frères, mais il est en désaccord avec eux
au sujet d'un héritage, et depuis longtemps ils
ne s'entendent plus. Mon ami prétend qu'ils le
calomnient, qu'ils le persécutent, et lui rendent
la vie impossible. Aveuglé par une sorte d'exagération maladive, il a pris une résolution
extrême. Il veut quitter l'Europe à l'insu de
tout le monde, chercher un abri de l'autre
côté de l'Océan et passer pour mort. J'ai com-

battu son projet de toutes mes forces, mais il n'y a rien à y faire. Or, voici la difficulté: il veut partir avec un peu d'argent, mais il veut assurer tous ses biens à la sœur qui demeure avec lui, à l'exclusion de tous les autres. Il craint, que lui parti, ses autres frères et sœurs n'invoquent la loi pour enlever la possession et la propriété de ses biens à cette sœur, seul objet de son affection. Il m'a consulté sur ce qu'il doit faire pour la garantir de tout trouble. Je lui ai conseillé de laisser un testament en faveur de sa sœur. Ce conseil était bon, n'est-ce pas?

— Ah! ah! mon brave monsieur Stoop, répondit le notaire en riant, vous vous êtes singulièrement fourvoyé; un testament! Un testament est sans valeur et sans force tant que

le testateur n'est pas mort, c'est-à-dire tant
que son décès n'est pas légalement constaté.

— O mon Dieu ! qu'ai-je fait? s'écria Valentin pâlissant.

— Tiens, comme cela vous émeut! Ce que
vous avez fait, monsieur Stoop ? Une sottise,
pour dire le mot ; mais c'est facile à comprendre. Ce sont des affaires de notaires et d'avo-
cats. Si votre ami est parti sans laisser quelques
éclaircissements sur son existence, ses frères
invoqueront la loi pour faire mettre ses biens
sous séquestre, et la sœur avantagée sera mise à
la porte avec son testament, ni plus ni moins.
C'est comme je vous le dis.

Valentin avait fait un grand effort sur
lui - même pour cacher ce qu'il éprouvait.

— Ah ! dit-il, je suis vraiment au regret d'avoir donné un mauvais conseil...

— Un conseil ridicule.

— Oui, un conseil ridicule à mon ami ; mais, puisqu'il ne veut confier son secret à personne, n'y avait-il aucun moyen de laisser sa sœur en paisible possession de ses biens par un acte sous seing privé ?

— Oui, certes, pour autant qu'il ne s'agisse pas d'aliénation, il pouvait lui laisser avec son testament, qui aurait eu son effet plus tard, une procuration, un plein pouvoir. Alors, personne n'aurait eu le droit de la troubler.

— Et en quels termes une pareille procuration sous seing privé doit-elle être conçue ?

13.

— Comme toutes les autres procurations.

— Je vous en prie, dites-moi comment elle doit être faite.

— Demain, chez moi, je vous donnerai un modèle. A quoi servirait de vous la dicter maintenant? Vous l'oublieriez.

— C'est que je me dépêcherais d'écrire à mon ami. Il n'est pas encore parti et il serait encore temps de l'empêcher d'être la victime de ce que vous appelez avec raison ma sottise.

— Mais j'y pense, répondit le notaire, j'ai vu l'année dernière, dans votre cabinet, un formulaire où vous trouverez le modèle de toutes les espèces de procurations.

— Je vous remercie, dit Valentin dont les yeux brillèrent de joie, je vous remercie de tout cœur.

Il se leva et descendit la glace de sa voiture.

— Jean, arrêtez devant l'auberge, dans le faubourg, dit-il, vous donnerez à manger aux chevaux sans les dételer.

— Vous n'allez pas jusqu'en ville? demanda le notaire.

— Si, plus tard, répondit Valentin ; mais, auparavant, j'ai à terminer une affaire au faubourg.

Le notaire continua à bavarder sans que Valentin prêtât la moindre attention à sa conversation.

La voiture s'arrêta bientôt devant l'auberge du faubourg, et le tabellion continua son chemin après l'échange d'une poignée de mains avec notre héros.

— Jean, faites manger les chevaux, dit

Valentin, et, dans cinq minutes, soyez prêt à partir.

Il entra dans la maison, demanda un verre de bière et prit un journal pour se dérober à l'attention des consommateurs. Ses pensées étaient si loin du lieu où il se trouvait, qu'il oublia l'heure. Dix minutes s'étaient écoulées quand le cocher vint lui demander ses ordres.

Valentin sortit, sauta dans la voiture et cria :

— Retournez au château, Jean. Brûlez le pavé et ne vous arrêtez pour personne.

Lorsqu'il se sentit ramené avec une vitesse extraordinaire vers le but où il tendait, son esprit se calma un peu et il commença à comprendre quelle fatale imprudence il avait commise. Il n'était pas marié sous le régime de la communauté.; les-cousins éloignés, qui, lorsqu'il était pauvre, n'avaient jamais voulu le connaître, étaient venus le voir depuis son mariage et espéraient hériter de lui. S'il était parti sans avoir rencontré le notaire, ces cousins n'auraient pas manqué d'inquiéter Hélène. Heureusement, il était encore temps de tout réparer. Hélène ne soupçonnait rien. Il rentrerait donc au château, sous prétexte d'avoir oublié quelque chose, il écrirait à la hâte cette procuration et la laisserait sur la table, dans une enveloppe à l'adresse de sa femme; puis il repartirait de nouveau, après lui avoir dit adieu pour la dernière fois.

Il resta plongé dans ces réflexions jusqu'à

ce qu'il vît de loin, entre les arbres, le clocher du village. Il allait donc la revoir encore ! Cette idée l'émut d'une joie involontaire, et il sourit même avec une sorte de bonheur enfantin... Mais, en songeant que cet adieu devait être éternel, il laissa retomber sa tête sur sa poitrine et soupira profondément.

Lorsque la voiture eut atteint le grand chemin, auquel aboutissait l'avenue du château, Valentin fit arrêter et sauta à terre.

— Jean, dit-il, vos chevaux écument de sueur, impossible de les mettre à l'écurie en cet état ; promenez-les pendant une demiheure, puis rentrez doucement.

Il traversa l'avenue, atteignit la porte et entra dans le château sans être vu de personne. Il pouvait donc monter à sa chambre l'insu de tout le monde ; il ne lui fallait que quelques minutes pour écrire la procuration, puis il irait dire adieu à sa femme et repartirait pour toujours.

Il repoussa avec énergie les doutes et les hésitations qui l'assaillaient de nouveau, et monta l'escalier avec précaution pour ne pas trahir sa présence.

La porte de sa chambre était ouverte. Il entra sans faire de bruit. Mais il devint pâle comme un mort et frémit des pieds à la tête en voyant son coffre-fort ouvert, et, devant la table... Devant la table, Hélène était assise, la tête couchée sur des papiers. Elle paraissait endormie.

Ciel ! Hélène avait lu sa lettre ! Que faire maintenant? S'en retourner en silence sans la réveiller? Mais la procuration?

Il retint son haleine et réfléchit un instant. Les idées traversaient son cerveau avec la rapidité de l'éclair. Ne pouvait-il pas écrire cette procuration à Courtrai ou ailleurs et la lui envoyer par la poste?

Déjà il avait fait un pas en arrière pour se retirer, lorsqu'il crut voir briller une larme entre les doigts de sa femme... Il tendit le cou et remarqua avec une émotion profonde que la tête d'Hélène reposait sur sa lettre et que ses larmes en avaient presque entièrement effacé l'écriture... Son courage faiblit.

— Hélène! dit-il, avec un soupir, pauvre Hélène!

Elle se leva, poussa un cri perçant, recula d'un pas, le considéra en frémissant, comme si elle ne pouvait en croire ses yeux ; puis, sans lui laisser le temps de faire un mouvement, elle courut vers lui, les bras ouverts, et s'écria :

— Vous, vous, Valentin ! vous ici ! Dieu m'a exaucée !

Elle se laissa tomber sur sa poitrine, lui jeta les bras autour du cou et l'étreignit avec force, pleurant et riant tout ensemble.

Valentin, frappé d'une angoisse secrète, la laissa le combler de ses témoignages de joie, sans montrer qu'il y fût sensible. Ciel ! si son esprit était égaré ! Elle l'embrassait avec une ardeur fébrile. L'amour sincère et véritable pouvait seul inspirer de pareils épanchements.

— Allons, Hélène, calmez-vous, dit-il.

Puisque vous connaissez maintenant mon projet, ne me faites pas faiblir au moment des adieux.

— Des adieux ! des adieux ! s'écria-t-elle avec un rire à moitié insensé et sans le lâcher. Ah ! Dieu m'a rendu mon cher époux, aucune force humaine ne peut me l'arracher.

— Le devoir ordonne, Hélène. Le sort est inexorable.

Elle tomba à genoux à ses pieds, leva vers lui ses mains tremblantes, résista à ses efforts pour la relever et s'écria d'une voix suppliante :

— Non, laissez-moi ; c'est ainsi que je dois être. Pardon ! pitié ! Ne parlez plus de départ, Valentin. Me quitter aujourd'hui, c'est me tuer. Restez, et vous me sauverez pour la seconde fois, et vous me rendrez la santé, la vie, le bonheur. Je vous serai soumise, je vous honorerai, je vous chérirai, Valentin... Je vous aimerai comme vous m'avez aimée vous-même. Je l'ai promis à Dieu et je tiendrai fidèlement ma promesse. Oh! faites-moi grâce! Pour guérir, pour vivre longtemps, je n'ai besoin que de votre affection, que du baiser de la réconciliation.

Elle se releva, l'étreignit de nouveau dans ses bras, et s'écria :

— Oh! donnez-moi ce baiser, le premier baiser de mon époux bien-aimé.

Cette fois, Valentin ne résista plus. Il serra Hélène sur son cœur avec une ardente effusion de tendresse et mouilla son front de larmes d'ineffable béatitude.

Mus par une même idée, tous deux levèrent les yeux au ciel ; ils ne disaient rien,
mais dans leurs regards rayonnait la reconnaissance envers Dieu, qui, après les plus
douloureuses épreuves, les rendait les plus
heureux de la terre.

VIII

A Henri Nagets, à Ostende.

« Hurrah ! j'ai un fils. Il s'appellera Henri.
Mère et enfant bien portants. Dieu soit loué !

« VALENTIN STOOP »

FIN.